# Die Rose von Ernstthal

## Eine Geschichte aus der Mitte des vorigen Jahrhunderts

Karl May

# Impressum

Autor: Karl May
Umschlagkonzept: toepferschumann, Berlin

Verlag: tradition GmbH, Hamburg
ISBN: 978-3-8424-6950-1
Printed in Germany

Tucholsky  Wagner  Zola  Scott  Sydow  Freud  Schlegel
Turgenev  Wallace  Fonatne
Twain  Walther von der Vogelweide  Fouqué  Friedrich II. von Preußen
Weber  Freiligrath
Fechner  Weiße Rose  von Fallersleben  Kant  Ernst  Frey
Fichte  Richthofen  Frommel
Engels  Fielding  Hölderlin
Fehrs  Faber  Flaubert  Eichendorff  Tacitus  Dumas
Feuerbach  Maximilian I. von Habsburg  Fock  Eliasberg  Zweig  Ebner Eschenbach
Ewald  Eliot  Vergil
Goethe  Elisabeth von Österreich  London
Mendelssohn  Balzac  Shakespeare  Dostojewski  Ganghofer
Trackl  Lichtenberg  Rathenau  Doyle  Gjellerup
Stevenson  Tolstoi  Hambruch
Mommsen  Lenz  Hanrieder  Droste-Hülshoff
Thoma  von Arnim
Dach  Verne  Hägele  Hauff  Humboldt
Reuter
Karrillon  Garschin  Rousseau  Hagen  Hauptmann  Gautier
Damaschke  Defoe  Hebbel  Baudelaire
Descartes
Wolfram von Eschenbach  Hegel  Kussmaul  Herder
Dickens  Schopenhauer
Bronner  Darwin  Melville  Grimm  Jerome  Rilke  George
Campe  Horváth  Aristoteles  Bebel  Proust
Bismarck  Vigny  Barlach  Voltaire  Federer  Herodot
Gengenbach  Heine
Storm  Casanova  Tersteegen  Grillparzer  Georgy
Chamberlain  Lessing  Langbein  Gilm
Brentano  Gryphius
Strachwitz  Claudius  Schiller  Lafontaine
Katharina II. von Rußland  Bellamy  Schilling  Kralik  Iffland  Sokrates
Gerstäcker  Raabe  Gibbon  Tschechow
Löns  Hesse  Hoffmann  Gogol  Wilde  Gleim  Vulpius
Luther  Heym  Hofmannsthal  Klee  Hölty  Morgenstern
Roth  Heyse  Klopstock  Kleist  Goedicke
Luxemburg  Puschkin  Homer  Mörike
Machiavelli  La Roche  Horaz  Musil
Navarra  Aurel  Musset  Kierkegaard  Kraft  Kraus
Nestroy  Marie de France  Lamprecht  Kind  Kirchhoff  Hugo  Moltke
Ipsen
Nietzsche  Nansen  Laotse  Liebknecht
Marx
von Ossietzky  Lassalle  Gorki  Klett  Leibniz  Ringelnatz
May  vom Stein  Lawrence  Irving
Petalozzi
Platon  Knigge
Sachs  Pückler  Michelangelo  Kock  Kafka
Poe  Liebermann  Korolenko
de Sade  Praetorius  Mistral  Zetkin

# Text der Originalausgabe

Karl Mays Früherzählung *Die Rose von Ernstthal* erschien erstmals im November 1874. In: Deutsche Novellen-Flora. Sammlung der neuesten, fesselndsten Romane und Novellen unserer beliebtesten Volksschriftsteller der Gegenwart. Neusalza, Verlag von Hermann Oeser. Zur Datierung: Am 18. August 1874 wurde die »Deutsche Novellen-Flora« in das Register »Anzeige, die Zeitschriften betreffend« beim Gerichtsamt Neusalza eingetragen. Es kann als sicher gelten, daß die Nummer 1 der Novellen-Flora bereits gedruckt war und den Behörden zur Ansicht vorgelegt wurde. Man strebte offensichtlich für den Start des Lieferungswerkes (24 Nummern umfaßte das Werk, geplant waren zunächst jährlich 20 Lieferungen) die erste Septemberwoche an. Somit erschien die erste Lieferung am Samstag (dieser Wochentag war damals allgemein üblich), den 29. August 1874. Jede Lieferung erschien in zwei Bogen zu je 8 Seiten, also insgesamt nur 16 Seiten mit Texten verschiedener Autoren, deren Erzählungen durch das obligate »Fortsetzung folgt« unterbrochen waren. Diese Art der Veröffentlichung verlangte ein regelmäßiges, wöchentliches Erscheinen, wenn man keinen Abonnentensprung (damaliger Fachbegriff für das Einbüßen von Abonnenten) riskieren wollte. Folglich erschien *Die Rose von Ernstthal* (Lieferung 11-14) im November 1874 und nicht, wie Hainer Plaul vermutet, im April und Mai 1875. Für seine Datierung war das »Börsenblatt für den Deutschen Buchhandel« ausschlaggebend. Erst im April 1875 wurden dort die ersten 10 Lieferungen der "Novellen Flora" vermerkt. Man muß berücksichtigen: Viele Verlagsunternehmen versäumten damals deutschlandweit die pünktliche Anzeige ihrer Veröffentlichungen. Beispielsweise erschienen auch die »Frohen Stunden« (Verlag Bruno Radelli, Dresden) mit diversen May-Erzählungen ein halbes Jahr eher als bei Plaul angegeben; dies belegen eindeutig zeitgenössische Berichterstattungen (Eröffnung der Semperoper etc.) in dem von May redaktionell 1877/78 betreuten Unterhaltungsblatt.

Die Wiedergabe der *Rose von Ernstthal* erfolgt in der damaligen Rechtschreibung. Anzumerken ist, daß Karl May diese Erzählung 1880 stilistisch überarbeitet in dem Hausblatt »All-Deutschland!« erneut veröffentlichte. Wir haben uns hier für die Originalfassung entschieden, weil dieser Erzähltext die erste noch vorhandene größere Veröffentlichung Mays überhaupt ist. Viele der für die May-Forschung so wichtigen Zeitschriften aus den 1860er Jahren gelten heute als verschollen.

# Die Rose von Ernstthal

Eine Geschichte aus der Mitte des vorigen Jahrhunderts

## Karl May

Zwischen den Ausläufern des sächsischen Erzgebirges, da, wo
das berühmte Zwickauer und Würschnitzer Kohlenbecken sich bis
in die Nähe von Chemnitz zieht, liegen am nördlichen Rande desselben die beiden Schwesterstädte Hohenstein und Ernstthal, welche dem freundlichen Leser ihres Gewerbfleißes wegen gewiß bekannt sein werden. Besonders ist es Ernstthal, dessen Weberei schon
vor langen Zeiten sich eines weitgehenden Rufes erfreute und für
seine Waaren nicht blos in Deutschland und den angrenzenden
Ländern, sondern auch über die See hinüber ein weites Absatzge-
biet fand.

Aber der Webstuhl vermag der Hand auch des fleißigsten Arbei-
ters keine Reichthümer zu bieten, und so schmiegt sich das arme
Städtchen klein und bescheiden an die Thalsenkung, welche das
Auge des Touristen nicht durch landschaftliche Schönheiten zu
fesseln vermag und keinen andern Ruhm beansprucht als den, der
friedliche Tummelplatz eines rührigen und genügsamen Völkchens
zu sein.

Bei diesem angestrengten Ringen mit den nackten Sorgen des Lebens mag wohl die Nüchternheit desselben mehr in Anschauung
treten; doch weht uns nicht, wie man behauptet hat, der Hauch der
Poesie nur aus Romanen und solchen Ereignissen entgegen, welche
sich auf dem glatten Spiegel des Parquets oder von der Natur be-
vorzugtem Boden entwickeln, sondern grad in den Pausen des großen Kampfes, welchen wir Arbeit nennen, wenn der Mensch sich
den Schweiß von der erhitzten Stirn streicht und Hammer und Spa-
ten bei Seite legt, läßt sich jener beseligende Odem kühler und wür-
ziger empfinden, und der dichtende Gott kehrt ein selbst in die
ärmlichste Hütte.

Mag also der Leser getrost die Gassen Ernstthal's betreten oder an
der Hand unserer Erzählung den Fuß nach einer halbverschütteten
Höhle oder einem einsamen und primitiven Waldhäuschen lenken;

sind auch keine welterschütternden Begebenheiten zu berichten, so wird ihn doch die wohlthuende Erfahrung anmuthen, daß der Hauch des Himmels die Blüthenflocken der Poesie auch in die entlegenen Winkel trage, an welchen die gewaltige Fluth der Geschichte nur fern vorüberrauscht.

# 1.
## Die Begegnung im Walde.

Es war ein goldener, sonniger Julimorgen. Längst schon hatte die Feuchtigkeit des nächtlichen Thaues den Weg zum Aether gefunden; die Wärme des Tages wallte sichtbar um die braunen Stengel der noch blüthenlosen Erika und erquickender Duft fluthete durch die Zweige des stillen, geheimnißvollen Waldes.

Die Vögel, ermüdet durch die Morgenabtheilung ihres täglichen Concertprogrammes, saßen sinnend unter dem grünen Plafond, durch dessen Oeffnungen sich das Licht in zauberischen Tönen brach; der Bach murmelte sein ewiges, einschläferndes Schlummerlied, und Meister Specht, der Zimmermann, saß ruhend im Astloche und verdaute die Larven, welche er sich zum Gabelfrühstücke mit listigem Pochen aus den Rindenritzen hervorgelockt hatte. Drüben, zwischen den Wurzeln eines Pulverholzstrauches, reckten vier junge, flaumige Rothkehlchen die gelben Schnäbel in die Höhe und hielten mit der geschäftigen Frau Mama lebhafte Zwiegespräche über Speise- und Wirthschaftsangelegenheiten, der Papa aber saß auf dem obersten Zweige und gab sein Vaterglück durch die zartesten Aphorismen kund.

Mit diesen gefühlvollen »Sangesperlen« harmonirten nun freilich die zweifelhaften Töne nicht, welche diesseits des Baches aus der Vertiefung hervordrangen, welche unter dem Namen der »Eisenhöhle« in der Umgegend Ernstthal's bekannt ist.

»Ah .... ah! Das nenne ich schlafen; es muß schon wieder Nacht sein. Ah .... ah. Doch nein; dort fällt ja das Tageslicht auf die Moostapeten meines Boudoirs; es ist also heller Tag. Aber wie komme ich denn eigentlich in diese gastfreundliche Eremitage? Ah .... ah! Ach so, jetzt besinne ich mich: Großes Gewitter gestern; verirrte mich; lief bei stockfinsterer Nacht und strömendem Regen im Walde herum und fand endlich dieses Asyl, in welchem ich mich sofort häuslich niedergelassen und geschlafen habe bis Anno jetzt.«

Er erhob sich von dem harten, steinigten Boden, ergriff das Felleisen, welches ihm als Kopfkissen gedient hatte, und trat vor den Eingang der Höhle.

»Guten Morgen, Du lieber, schöner, grüner Wald! Schüttelst zwar Dein immer junges, hundertköpfiges Haupt mißbilligend über den faulen, schlaftrunkenen Kumpan, der ich heut bin, bietest mir aber doch Waschgeschirr und Morgentrunk in altgewohnter, fürsorglicher Weise. Hab Dank für diese Aufmerksamkeit, Du alter, treuer Spezial Du!«

Er nahm Handtuch und Seife aus einer Seitentasche des Felleisens und trat an das Wasser, um sich zu waschen. Bei dieser Gelegenheit können wir uns den noch jungen Mann etwas näher betrachten.

Die Kleidung eines gewöhnlichen Handwerksburschen, welche er trug, hatte durch den Gewitterregen, die Irrfahrt im Walde und das Nachtlager auf den Steinen bedeutend gelitten. Dem nach schien er ein Eisenarbeiter, vielleicht Schlosser oder Schmied zu sein; aber die kleine, feine, weiße Hand, mit welcher er jetzt das schadhaft gewordene Gewand in Ordnung zu bringen suchte, konnte unmöglich sich viel mit Hammer und Zange beschäftigt haben.

In seiner Haltung lag etwas soldatisch Strammes und in jeder seiner Bewegungen sprach sich eine Rundung, eine Gewandtheit aus, die man nur bei Leuten zu suchen gewohnt ist, welche den sogenannten besseren Ständen angehören. Der Kopf war nicht eigentlich schön zu nennen; aber die hohe, breite, gedankenreiche Stirn, die von kühngeschwungenen Brauen begrenzten, geistvollen Augen von jener Unbestimmtheit der Färbung, welche meist auf eine ungewöhnliche intellectuelle Begabung schließen läßt, die fein und leicht gebogene Nase, der etwas sarkastische Zug um den vollzähnigen und von einem sorgfältig gepflegten Bärtchen beschatteten Mund, die Energie und Schärfe des ganzen Mienenspieles mußten einen Eindruck bewirken, den der Menschenkenner mit dem Prädikate »bedeutend« bezeichnet hätte.

Nach Beendigung der Toilette warf er den Tornister auf den Rücken, wies der Mütze ihre kecke Stellung auf dem gegen die damalige Mode kurzgeschnittenen Haare an, überflog sich mit einem letzten, befriedigten Blick und wandte sich zum Gehen.

»So; das paßt ja Alles ganz prächtig. Etwas Lüderlichkeit gehört mit zum rußigen Handwerke: die Stiefel sind offenherzig; die Hose hat einen Riß; das Hemde dämmert zwischen Weiß und Schwarz, und der Ellbogen gukt in die Welt. Aber in der Hauptsache ist der

Kerl ganz, und ich habe als halbwüchsiger Junge oft genug zum Vergnügen auf das Amboß unsers Schloßschmiedes gepocht, um mir genug Fertigkeit zutrauen zu dürfen, auch jetzt, wo es mir mit der Hämmerei wenigstens auf eine Welle Ernst sein muß. Denn der Gesuchte hält sich jedenfalls in und um Ernstthal auf, und ein einfacher Schmiedegeselle wird bei ihm keinen Verdacht erregen, zumal er mich nicht persönlich kennt. Und haben muß ich ihn um jeden Preis. Vorwärts also!«

Noch nicht lang war er am Bache aufwärts gegangen, als er seitwärts eine halblaute Stimme sprechen hörte. In der Absicht, sich nach dem Wege zu erkundigen, nahm er die angegebene Richtung und trat um eine von Haselbüschen gebildete Ecke. Kaum aber hatte er die Biegung hinter sich, so blieb er überrascht stehen.

Vor ihm öffnete sich eine kleine, von duftigem Ruchgras und Waldblumen bedeckte Lichtung. In der Mitte derselben stand ein Körbchen, gefüllt mit Erdbeeren, und daneben kniete eine weibliche Gestalt, welche, wie der erste Blick zeigte, in lautem, inbrünstigem Gebete lag.

Fast hätte ihn die Discretion zurückgezogen; aber die Betende stand unter einer solchen Fülle von Anmuth und Schönheit, daß er wie eingewurzelt stehen blieb und den Körper weit vorbeugte, um sich keins ihrer Worte entgehen zu lassen.

Es war ein Mädchen. Langes, schwarzes, lockiges Haar hing entfesselt über den enthüllten Nacken herab und umrahmte eine reine, weiße Stirn von so idealer Rundung, wie man sie fast nur bei denjenigen Figuren unserer Gemäldegalerieen zu sehen gewohnt ist, welche den Sieg der Idee über die Gewöhnlichkeit körperlicher Formverhältnisse documentiren. Das kleine, feingezeichnete Näschen mit seinen rosig angehauchten Flügeln gab dem klassischen und doch so weichen Profile die edelste Vollendung. Die Lieblichkeit des Mundes, bei dessen leisen Bewegungen sich zwei leicht aufgeworfene Lippen küßten und den Anblick der perlenkleinen, elfenbeinernen Zähne gestatteten, mußte jedem seiner Worte Bedeutung geben, zumal die Stimme in jener klangvollen Tiefe modulirte, welche man am öftersten bei einem an Gemüth und Empfindung reich ausgestatteten Wesen beobachtet. Das tadellos geformte Kinn schloß das schöne Oval eines Gesichtchens, dessen Züge so hold, so ergreifend waren, daß man sich bei ihrem Anblicke unwiderstehlich gefesselt fühlen mußte, und auf der zarten Wange lag jene Röthe der Erregung, welche stets die Wahrheit der Empfindung bestätigt und hier die seltene Weiße des Teints so vortheilhaft hervorhob.

Das Herrlichste aber waren die Augen, Augen von einer so reinen, klaren und dabei doch gesättigten Bläue, daß ihr Spiegel im schärfsten Contraste zu dem dunklen Haare stand und durch diesen Gegensatz die Eindrucksfähigkeit des Gesichtes bis zum erreichbarsten Grade gesteigert wurde. Aber obgleich sich bei dem emporgerichteten Blicke die langen, seidenen Wimpern erhoben hatten, lag doch auf diesen wunderbaren Sternen ein Schleier, der seinen Schatten auch über die Züge warf und denselben einen leidenden, ja fast möchte ich sagen tragischen Anflug gab: Es war dem erblindenden Auge der Zutritt des freundlichen, warmen Sonnenlichtes versagt. Und das war's, was sie hier in der Einsamkeit des Waldes auf die Kniee niedergezogen und ihre Lippen zum Gebete eröffnet hatte. Ihre gefalteten Hände lagen schwer auf der Brust, und diese Brust hob und senkte sich unter dem Drange der Gefühle, welche aus einem sichtlich von Angst bewegten Herzen ihren Weg empor zum Himmel nahmen.

Dem unberufenen Lauscher entging keins ihrer Worte. Er wagte kaum zu athmen, und erst als sie mit lautem Schluchzen geendet hatte und unter strömenden Thränen das ermattete Köpfchen sinken ließ, befreite sich seine Brust in einem tiefen, vollen Zuge von ihrer Beklemmung, und seine Hand fuhr trocknend über das in der Feuchtigkeit des Mitgefühles schwimmende Auge.

»Mein Gott, wer ist dieser Engel? Sind jene Mährchen von Feen und übernatürlichen Wesen wahr, welche zuweilen einem Sterblichen erscheinen, um ihn durch ein für das Menschenherz unfaßbares Glück dem Erdenleben zu entfremden? Oder hat die Natur dies Meisterstück vollendet, um uns von der Armseligkeit unserer pinselhaften oder töpferischen Künstlerwerke zu überzeugen? Und wer so wie diese Heilige beten kann, der hat die Sünde noch nicht kennengelernt und ist wert, an ein starkes, stolzes und treues Mannesherz gelegt und dort gehalten und getragen zu werden bis zum letzten Schlage des Pulses.«

Da raschelte es in den Zweigen, und hart neben ihm drangen, ohne ihn zu bemerken, zwei Männer vorsichtig durch das Gebüsch. Der eine ging in der Kleidung eines gewöhnlichen Forstläufers; der Andere aber gehörte jedenfalls einer besseren Stellung an und schien die Aufmerksamkeit des Handwerksburschen in ganz besonderem Maße zu fesseln, denn derselbe war bei seinem Erscheinen in höchster Ueberraschung einen Schritt zurückgetreten und fixierte ihn aus seinem Verstecke hervor mit scharfem, durchbohrendem Auge.

Er trug eng anliegende, weißlederne Hosen, welche in hohen, blankgewichsten Stiefeln staken; der blausammetne Rock mit rottuchenen Schoß- und Aermelaufschlägen war mit thalergroßen Silberknöpfen verziert; auf der hochaufgethürmten Lockenperücke balancirte ein kleines, mit goldenen Borden besetztes Hütchen; an der linken Seite hing nach der Mode jener Zeit der schmale Stoßdegen, und die Rechte umfaßte ein langes, starkes, mit Elfenbeinknopf gekröntes Meerrohr.

Es war eine hohe, breite, muskulöse und starkgliedrige Goliathgestalt, der man gleich beim ersten Blicke eine außergewöhnliche Körperstärke zusprechen mußte; doch war der Ausdruck der groben, zugehackten Gesichtszüge kein Vertrauen erweckender, zumal die kleinen, tiefliegenden Augen nur mit verstecktem Blicke unter den fleischigen, dickfaltigen Lidern hervorzudringen vermochten.

»Beim heiligen Hubertus, welcher der Beschützer aller Vieh- und Mädchenjäger ist«, sprach er mit leiser Stimme, welche wie ein unterdrücktes Grunzen zwischen den breiten, aufgetriebenen Lippen hervordrang, »da ist sie endlich wieder einmal, die Rose von Ernstthal, wie sie hier von aller Welt genannt wird. Und der Kukuk soll mich holen, wenn dieser Name nicht ein passender ist, obgleich die Dornen zu fehlen scheinen; denn gestochen hat mich, so oft ich ihr auch nachgepürscht bin, das kleine Geschöpf doch nie, sondern ist mir stets und immer über die Netze gegangen. Heute aber steht sie mir schußgerecht, und ich werde diesmal so gewiß auf's Blatt treffen, wie man mich den »Blauweißen« nennt.«

Mit rohem Lachen stieß er diese Worte hervor und schickte sich an, die letzte Hecke des Gebüsches zu durchbrechen. Da faßte ihn sein Begleiter bittend am Arme.

»Laßt das sein, Herr Junker; das ist nichts für Euch, kein Edelwild, sondern nur einer armen Wittwe einziges Kind und dazu fast blind. Das Mädchen geht in den Wald, um durch das Grün desselben ihre Augen zu stärken und Linderung ihrer Noth zu finden. Häuft nicht noch mehr Unglück auf die armen, braven Leute!«

»Papperlappapp! Als wenn es ein Unglück wäre, wenn ein Cavalier ein Mädchen, die nichts als ihr Lärvchen besitzt, mit seiner Zuneigung beehrt! Und nur um des Mitleides willen eine Jagd aufgeben, welche bei so wenig Gefahr so viel Vergnügen verspricht, das würde doch wahrhaftig die horribelste Eselei sein.«

»Ganz gefahrlos will ich das Vergnügen nicht nennen. Das arme Kind kommt zwar nie in Gesellschaft oder gar auf den Tanz, aber doch ist sie der Liebling der ganzen Ernstthaler Burschenschaft, und ich meinerseits möchte nicht wagen, ihr ein Leid zu tun.«

»Pah, was scheere ich mich um Eure Burschenschaft! – Habe ihnen schon manches Täubchen weggefangen, ohne es zu bezahlen, und manchem fürwitzigen Burschen, ohne daß er gemuxt hätte, den Stock da angemessen. Daß mich die Sippe im Magen hat, weiß ich, aber ich will doch einmal Den sehen, der es wagt, mir die Zähne zu zeigen, wenn ich einmal einer alten Holzdiebin den Korb zertrete oder einer jungen Herzensspitzbübin in die Backen kneipe. Man hat eben als Edelmann so seine Passionen, und giebt es dabei eine kleine Faustaffaire, so nimmt man sie zur Unterhaltung mit in den Kauf. Und heut, da es sich um die Schönste unter Euern Schönen handelt, würde ich keine Störung dulden und wenn der ganze Krethi und Plethi Euers Spulwurmnestes sich gegen mich auf die Beine machte! Wie heißt sie denn eigentlich und wo wohnt sie?«

»Weiß nicht«, war die kurze, abweisende Antwort.

»Du! Glaubst Du wirklich in diesem Tone mit mir fertig werden zu können? Sei gegen den Gast Deines Herrn etwas manierlicher und bemaßstabe meine Handlungsweise nicht mit plebejischen Ansichten. Du bist zu meinen Diensten commandirt und hast dich nach meinen Intentionen zu richten!«

»Es ist mir bei meiner Instruction kein bestimmter Ton für den Umgang mit Euch vorgeblasen worden, und als Wegweiser bei Euern Wanderungen durch unser Revier habe ich keineswegs die

Verpflichtung übernommen, Euern Lüsten als Helfershelfer zu dienen. Ueberhaupt scheinen mir unsre plebejischen Ansichten nobler und ehrenwerther zu sein als Eure vornehmen Passionen. Adieu!«

»Karl!« – –

Er hob drohend den Stock, aber der alte Holzbegeher war schon hinter den Büschen verschwunden, und fluchend und wetternd wandte er sich nun dem Mädchen zu. In der Rechten gravitätisch das Rohr, die Linke an den Berloquen der schweren, weit herabhängenden Uhrkette, trat er mit selbstgefälliger, siegesgewisser Miene auf die Lichtung.

»Was wälzt sich denn das Jungferchen hier im Grase herum, als hätte sie dies allerdings hübsche und verschwiegene Plätzchen von der hohen Forstverwaltung zu ihrem Privatgebrauche gepachtet?«

Sie war gleich bei den ersten Worten erschrocken aufgesprungen und suchte ihm ihre Hand zu entziehen, die er sofort ergriffen hatte.

»Ah, Beere gesucht, mein Herzchen? Na, das ist zwar eigentlich nicht erlaubt; denn Alles, was im Walde wächst, gehört dem Landesfürsten, und grad unter dem Vorwande des Beerensuchens wird der meiste Unfug und Frevel getrieben; aber einem so hübschen Kinde gegenüber weiß Unsereiner recht wohl galant und nachsichtig zu sein. Nur hoffe ich, daß Du das auch anerkennst.«

Er versuchte, seiner Stimme einen zarten Klang zu geben; aber der Erfolg dieser Anstrengung war ein durchaus verunglückter. Zitternd und mit niedergeschlagenen Augen stand sie vor ihm; die Gluth der Scham bedeckte ihr Gesicht von der Stirn bis zum Nacken und die bebenden Lippen vermochten vor Angst keinen Laut auszusprechen. Sie fühlte die Gier, mit welcher sein leidenschaftlicher Blick sie verschlang, und wußte sich doch zu schwach zum Widerstande gegen den starken, riesenkräftigen Mann.

»Also komm, mein Täubchen, und fürchte Dich nicht. Heute darfst Du mir nicht entfliehen, wie Du bisher immer getan hast!«

Er zog die Widerstrebende an sich und suchte ihren Mund zu finden. Sie sträubte sich mit allen Kräften gegen die Umarmung des Verhaßten und warf, vor Schreck noch immer wortlos, das verschleierte Auge hülfesuchend im Kreise umher.

Da ertönte ein scharfer, gellender Pfiff. Ueberrascht ließ der Zudringliche seine schöne Beute fahren und drehte sich um.

Dort am Haselstrauche stand, die Hände leicht auf den Griff des damals bei fahrenden Schülern und wandernden Handwerkern üblichen Ziegenhainers, der Handwerksbursche und verfolgte mit sichtlicher Befriedigung die Bewegungen des Mädchens, welches das Körbchen ergriffen hatte und beflügelten Fußes davon eilte.

»Alle Wetter, welch ein freches, unverschämtes Subject. Diesem Menschen muß man Mores lehren!«

Mit zurückgeworfenem Kopfe, steifgespreizten Beinen und imponirender Amtsmiene schritt er auf den Genannten zu, stellte sich breitspurig vor ihm hin und maß die leichte, zierliche Gestalt desselben mit einem Blicke der unverholensten Verachtung.

»Wer ist man denn, he, daß man es wagt, einen Forstbeamten auf dessen eigenem Reviere anzupfeifen wie einen Windhund?«

Der stille, männliche Ernst auf dem Angesicht des Angeredeten machte einem Lächeln der Belustigung Platz; aber einer Antwort wurde der Frager nicht gewürdigt.

»Wie es scheint, kann der Patron besser pfeifen als sprechen; vielleicht löst ihm dieses Instrument da die Zunge. Also, wer bist Du, wo kommst Du her und was hast Du hier zu suchen?«

Ein leichtes, verächtliches Zucken des Schnurrbärtchens war die einzige Antwort. Da hob der »Blauweiße« das Rohr höher.

»Na, wie wird's? Man wird wohl einen armseligen Klopffechter nach dem Woher und Wohin fragen dürfen, wenn er sich da herumtreibt, wo es weder Weg noch Steg giebt! Also Antwort, ich spaße nicht!«

Wieder erfolgte keine Antwort, aber ein kleines, ungeduldiges Fältchen am Augenwinkel ließ vermuthen, daß nicht Theilnahmslosigkeit die Ursache dieses Schweigens sei.

»Also nicht? Da paß auf; ich zähle bis drei, und das Uebrige wird sich finden. Wer bist du? Eins! – Zwei! –«

Jetzt endlich richtete der Bedrohte den Blick voll und fest auf den Jägersmann, und während dieser Blick den Gegner langsam vom

Hütchen bis herunter zur Stiefelspitze übermaß, war er immer schärfer und stechender. Das Auge öffnete sich weiter und weiter, durchlief, immer dunkler werdend, alle Farbentöne vom hellsten Grau bis zum tiefsten Braun, und heftete zuletzt so flammend und durchbohrend auf dem zornesrothen Angesichte des Blauröckigen, daß dieser der Gewalt des siegesgewissen Blickes nicht zu widerstehen vermochte und Arm und Stock sinken ließ, ohne die »drei« ausgesprochen zu haben.

»Ah .... !« – –

Es war der erste Laut, den der fremde Wandersmann hören ließ, und während dieses Wort von der tiefsten Baßlage aus alle Töne bis hinauf zur höchsten Stimmung durchlief und dann in raschem, energischem Tonfalle zurückvibrirte, lag in ihm eine ganze Welt von Verachtung, Spott und Geringschätzung. Seine Gestalt schien zu wachsen; die Schultern traten in die Breite; die Brust ging frei und hoch; der Kopf, dessen Ausdruck in diesem Augenblicke des Affectes das verkörperte Ideal männlichen Stolzes und Selbstbewußtseins repräsentirte, warf sich leicht in den Nacken; die Linke streckte sich gebieterisch fortwerfend aus; die Rechte zog in geschicktem Wirbel den Knotenstock um das Haupt, und, den Gegenüber mit dessen eigener Taktik schlagend, erklang es kurz und bestimmt:

»Kehrt! – – Marsch! – – Eins! – – Zwei!«

Auge in Auge standen sich die Männer einige Augenblicke lang gegenüber, und es schien fast unentschieden bleiben zu wollen, welcher von beiden den ersten Schritt nach rückwärts thun werde. Wie aber stets und immer der Geist den Körper dominirt und kein physisch noch so verschwenderisch ausgestatteter Bramarbas dem echten Muthe auf die Dauer zu widerstehen vermag, so siegte auch hier die geistige Ueberlegenheit des einen über die körperliche Kräftigung des Andern.

Von der nie geahnten Macht eines leuchtenden Menschenauges und der jeden Widerspruch ausschließenden Haltung des Handwerksburschen vollständig verwirrt und verblüfft, trat der Junker erst langsam und zögernd zurück, machte dann bei der ominösen »Zwei« rechtsumkehrt und verschwand unter grimmigen Drohungen erst zaudernden und dann raschen Schrittes zwischen den Sträuchern.

Bis dahin war ihm der drohende Blick des Siegers gefolgt, und als sich die Zweige hinter den blanken Stiefeln, dem blauen Sammetrock und der wallenden Perücke schlossen, ertönte ein kurzes, helles Lachen zwischen den Lippen, die vorhin so beharrlich geschwiegen und dann mit vier Sylben den Enakssohn in die Flucht geschlagen hatten.

»Das war er, einst Offizier und jetzt Lump im Cavalierskleide; ich werde ihn fassen und sein König wird ihn richten!«

Dann schritt er der Stelle zu, auf welcher die Betende gekniet hatte, bückte sich nieder und löste ein kleines, weißblühendes Blümchen vom Rasen ab. Lange und sinnend betrachtete er die zarte, unscheinbare Pflanze; weich und weicher wurden die Züge, welche vorher so ernst und streng gewesen waren; mild und milder blickte das Auge, und warm und innig klang die eben erst so gebieterische Stimme.

»Augentrost! Sollte das ein Zeichen des Himmels sein für mich und für sie, die des Trostes für ihr schönes, krankes Auge so sehr bedarf? Ist es möglich, daß ich hier im wilden Tann das finde, was ich als Erfüllung meines besten und höchsten Erdenwunsches im Lichte der Candelaber vergebens suchte, ein Herz, an welches ich mein ermüdetes Haupt vertrauensvoll betten darf am Abende eines jeden Tages und am Abende auch des Lebens? Ich fühle, daß diese Stunde über mich entschieden hat und werde ihrem Rufe folgen so bald und so viel es mir die Schwierigkeit meiner Aufgabe gestattet. Aber wer ist sie?«

»Wenn Ihr das Mädchen meint, welches hier gesessen hat, so kann ich es Euch schon sagen, weil ich sehe, daß Ihr ein tüchtiger Kerl seid, dem man Auskunft geben kann«, ertönte da eine zwar rauhe, aber nicht unangenehme Stimme neben ihm.

Es war der Waldhüter, welcher nicht fortgegangen war, sondern von Weitem den Verlauf des erzählten Vorganges beobachtet hatte.

»Wer seid Ihr?« fragte der junge Mann kurz.

»Ich heiße der Jägerfranz und bin Forstwart hier.«

»Wer ist der Mann, welcher vorhin mit Euch war?«

»Das kann ich nicht sagen. Wir nennen ihn den »Junker« oder auch den »Blauweißen«, seiner Kleidage wegen nämlich. Er ist vom Hofe den umliegenden Förstern empfohlen und gebärdet sich, als sei er in unsern Waldungen auf seinem eigenen Gebiete. Er ist bald hier, bald dort, am meisten aber in Ernstthal, wo er nach hübschen Dirnen äugt. Am liebsten spielt er den Forstherrn, maltraitirt die untern Beamten und tritt den armen Frauen, welche Leseholz suchen, die Körbe entzwei. Deshalb mag ihn auch Niemand leiden, zumal er in dem Verdachte steht, für die Seelenverkäufer zu arbeiten, welche die jungen Leute wegfangen und gegen die Preußen schicken.«

»Und ihr laßt Euch geduldig von ihm turbiren?«

»Was will man machen gegen einen Menschen, der unter hohem Schutze steht und dessen Körperstärke es ihm gestattet, ein Dutzend Leute gewöhnlichen Schlages in den Salat zu treten? Er drückt sich, trotzdem er ein Edelmann zu sein scheint, in allen Ecken und Winkeln herum, und wo ein Pärchen steht oder eine Fiedel gestrichen wird, da ist er zu sehen und fährt mit dem Stocke dazwischen, wenn's nicht nach seinem Willen geht.«

»Gut, und wer ist das Mädchen von vorhin?«

»Sie ist die Tochter einer Näherin und wohnt in Ernstthal beim Schmiedemeister Weißpflog auf der Obergasse.«

»Das genügt. Hier habt Ihr eine kleine Gratification für Eure Mittheilung. Nicht wahr, Ernstthal liegt hinter jener Anhöhe?«

»Ja, Ihr geht noch ein paar Schritte gradaus durch den Busch und dann führt die Straße rechts in die Stadt.«

»Adieu!«

»Adieu; dank schön für das Geschenk!«

Der Forstgehülfe blieb stehen und betrachtete erstaunt das Geldstück, welches er erhalten hatte.

»Blitz noch einmal, das ist ja Gold, schönes, blankes, gelbes Gold, wie ich es mein Lebtage noch nicht im Beutel gehabt habe! Wer ist denn eigentlich dieser Mann, der trotz seiner zerrissenen Stiefeln vor mir gestanden hat wie ein Graf, dem man nur antworten muß, wenn er fragt? Das muß ich in Obacht nehmen, denn heut zu Tage, wo sie sich da draußen an allen Ecken und Enden auf Tod und Leben herumschlagen, passieren Dinge, die in ruhigen Zeiten nicht gäng und gäbe sind. Aber er mag sein wer er will, ein Hauptkerl ist er, und gefallen hat er mir, wahrhaftig sehr gefallen, wie der den »Blauweißen«, an den sich unserer Zehn nicht getrauen, so köstlich abgeblitzt hat!«

## 2.
## Vor der Schmiede.

Es war für Sachsen eine böse Zeit. Minister von Brühl, der Lenker der damaligen sächsischen Politik, hatte Kurfürst August III. vermocht, trotz des Breslauer Friedens mit seiner früheren Feindin Maria Theresia ein Bündnis gegen den Preußenkönig Friedrich II. einzugehen, in welchem er versprach, die Waffen nicht eher niederzulegen, als bis der König Schlesien herausgegeben habe und auf seine »märkische Streusandbüchse« beschränkt sei. Aber wie schon früher, so hatte man auch jetzt sich in dem jungen, thatenlustigen Herrscher geirrt, welcher bei der Nachricht von dieser Allianz mit seinem schlagfertigen Heere sofort in Oesterreich eingefallen war und die Verbündeten zu Paaren trieb. Die Siege bei Hohenfriedberg und Sorr lichteten besonders die Reihen der Sachsen auf die jämmerlichste Weise, denn die Preußen waren erbittert über die Untreue ihrer früheren Verbündeten und warfen schonungslos nieder, was ihnen in den Weg trat.

Die so entstandenen Lücken mußten natürlich ausgefüllt werden und so bildeten sich nach der Weise jener Zeit im Lande zerstreute Werbestationen, welche nicht blos den freiwilligen Eintritt in die Armee vermittelten, sondern häufig auch Zwang übten, so daß die jungen, tauglichen Leute von den Tanzsälen, ja sogar bei Nacht und Nebel aus den Betten weggeholt wurden. Gewalt ließ sich gegen Soldaten, welche den kurfürstlichen Rock trugen, nicht anwenden, und so gab es vor ihnen keine andere Rettung als die Flucht. Aber auch diese war schwer, denn diese Menschenjagden wurden stets unvermuthet und meist in der Stille der Nacht ausgeführt, und ein weit ausgebreitetes Spionirsystem zog seine Netze über das ganze Land, so daß der Bedrohte sicher durch die andere Masche in das Garn zurückschlüpfte, wenn er vorher durch die eine aus demselben entkommen war.

Heut hatten die »Seelenverkäufer«, wie die Werber im Volksmunde hießen, einigen Schwadronen sächsischer Reiterei, welche in Hohenstein und Ernstthal lagen, neue Mannschaften zugeführt, und die Offiziere saßen nach geschehener Besichtigung derselben im Gasthofe. Auch der »Blauweiße« war bei ihnen, doch schien in diesem Kreise die Aufmerksamkeit für seine Person eine zweifelhafte zu sein, und wenn er in den Lauf des Gespräches mitredend eingriff, so überflogen ihn die Augen der andern mit zweideutigem Blicke. Eben hatte er wieder eine seiner Tiraden beendet und warf seine schwere Gestalt mit einem Gesichte in den krachenden Stuhl zurück, in welchem sich deutlich die Erwartung einer bewundernden Anerkennung aussprach.

»Ja, das ist wahr«, nahm nach einer längeren Pause der Major das Wort. »Ich kann nicht begreifen, in welcher Weise es Euch gelingen mag, die ruhmbegierigen Muttersöhnchen uns immer in so bedeutender Anzahl zuzuführen. Es setzt das jedenfalls eine höchst intime Bekanntschaft mit den Verhältnissen des Pöbels voraus, bei dem allerdings eine kräftige Faust und ein kerniger Soldatenfluch Wunder zu bewirken vermag. Von diesem Gesichtspunkte aus thut allerdings das sächsische Cabinet klug, Eure so oft vom Könige verlangte Auslieferung zu verweigern, und selbst wenn Eure jetzige Thätigkeit eine weniger erfolgreiche wäre, so schickte man doch nicht gern einen Mann über die Grenze, der sich durch den Verkauf unfreiwillig mitgegangener Pläne und Documente so unendlich verdient gemacht hat. Man ist in Sachsen eben einsichtsvoll und dankbar genug, zu bedenken, daß ein jeder Mensch, sogar ein ehemaliger preußischer Infanteriehauptmann nicht ausgenommen, am Halse seine kitzlichste Stelle hat.«

»Herr Major!«

»Schon gut, wir kennen uns und sind Beide gewiß recht brauchbare Leute, nur Jeder in seiner Art, und es thut mir wirklich leid, daß unsre Ansicht über den endlichen Verlauf der jetzigen Ereignisse eine so sehr verschiedene ist. Ihr scheint anzunehmen, daß der königliche Flötenspieler mit seinen kriegerischen und diplomatischen Evolutionen halb beim Finale stehen werde und mögt das in Euren Verhältnissen auch recht wünschenswert finden, doch wird diese Ansicht nicht von mir allein als unbegründet zurückgewiesen. Wie ist's, Krieben?«

»Sehr wahr«, antwortete der angesprochene Rittmeister. »Die Politik Sachsens hat wieder einmal einen unverzeihlichen *faux pas* begangen. Sachsen ist, seine physikalischen Verhältnisse zu den Nachbarstaaten auch einmal nicht in Mitrechnung gebracht, durch unzählige Beziehungen der verschiedensten Art in Abhängigkeit zu Preußen gestellt, während die Inclination zwischen dem Kaiserstaate und uns mir keine tiefer gehende zu sein scheint. So lange der sächsische Januskopf sein Friedensgesicht nach Süden wendet und dem nördlichen Nachbar feindselige Grimassen schneidet, wird es sowohl an militärischen als auch civilen Ohrfeigen nicht mangeln, und die kriegerischen Bravours der märkischen Expansivkraft müssen schließlich allemal mit kurfürstlichem Avers und Revers bezahlt werden.«

»Halte là«, entgegnete eifrig der Junker, »mir scheint das Verhalten Friedrichs nichts Anderes und nichts Besseres als eine ebenso offenbare wie strafwürdige Empörung gegen die Majestät des deutschen Reichsoberhauptes zu sein, und ich hoffe nicht, daß Du als mein Verwandter mit Deinen Worten einen Tadel aussprechen willst gegen das, was ich tat, weil es mir sowohl die Rücksicht auf mein persönliches Wohl als auch meine Anschauung der Dinge überhaupt gebot.«

»Gewiß nicht. Ich sprach über allgemeine Verhältnisse ohne individuelle Ansichten behofmeistern zu wollen, und Deiner Berufung auf unsre familiäre Zusammengehörigkeit werde ich Rechnung zu tragen wissen. Aber Du giebst doch zu, daß wir arg in die Klemme gerathen sind. Mit welcher Emphase sprach man nicht von der Unübertrefflichkeit der ungarischen Reiterei, und wie ist diese Truppe nicht von den strammen Cavelleristen Friedrichs zusammengeritten und in die Pfanne gehauen worden überall, wo sie sich nur zeigte! Mir wird der Kopf noch jahrelang brummen von den Hieben jenes verdammten Husarenrittmeisters, welchen wir fast zwei Stunden jagten, um am Ende doch nur das Pferd zu bekommen, während der Kerl selbst mit seinen Depeschen entwischte.«

»Das Pferd im Stich zu lassen ist doch wahrhaftig keine Ehre für einen Offizier, der noch dazu Husarenrittmeister ist«, tönte die Stimme eines jungen Carnets.

»Um das zu verstehen, fehlt es Ihm noch an Erfahrung. Der Betreffende ist nicht in offener Feldschlacht vom Gaule weggelaufen, sondern vom Könige mit geheimen Schriften an den Markgrafen von Schwedt geschickt worden. Es war das kurze Zeit vor dem famosen Ritte des Ziethenschen Regimentes durch unsre ganze

Aufstellung, auch ein preußisches Reiterstück, welches uns scham-
roth machen sollte. Wir hatten Kunde von der Sache bekommen
und lauerten das Männlein ab, aber prosit die Mahlzeit! Den Säbel
zwischen den Zähnen und die Pistolen in den Fäusten, stürmte er in
den dichtesten Haufen hinein, ritt, schoß und hieb nieder, was im
Wege stand, und war uns um einige Hundert Pferdelängen voraus,
ehe wir nur daran dachten, ihm nachzupaddeln. Nun aber gab's ein
Rennen, wie ich es mir nicht als möglich gedacht habe. In völliger
Carrière lud er wieder, aber nicht etwa für uns, denn um uns be-
kümmerte sich der Halunke unhöflicher Weise gar nicht mehr, sondern für die dummen Burschen, denen es einfiel, ihm Barrière zu
stellen. So ging's durch ein halbes Dutzend Ortschaften, welche
albernerweise dort alle so frei und offen daliegen, daß man hinten
nur hinein zu gucken braucht, um im nächsten Augenblicke vorn
wieder draußen zu sein; über Felder und Wiesen, durch Dick und
Dünn; kein Bagagewagen, kein Pulverkarren hielt ihn auf, drüber
weg ging's. Der Kerl war wahrhaftig seine tausend Ducaten wert,
und der Rappe, den er ritt, das Dreifache. Da endlich schlängelt sich
eine Marschcolonne quer über die Richtung und er muß deshalb in
scharfem Winkel abbiegen, wir aber schneiden eine Diagonale und
kommen ihm auf diese Weise an die Fersen. Zum Malheur geräth er
auf sumpfiges Terrain und das Pferd bleibt, den Schlamm bis an
den Sattel, stecken. Schon jubelten wir und glaubten ihn fest zu
haben, der Filou aber muß von seiner moorreichen Heimath her mit
dergleichen elastischem Parquets vertraut sein. Er schnellte sich
vom Pferde und gewann mit einigen Sprüngen, wie ich sie einem
Menschenkinde gar nicht zugetraut habe, festen Boden. Ich ritt an
der Spitze der Verfolgenden und drang, den Säbel in der Faust, in
das Gebüsch ein, welches ihn aufgenommen hatte. Da packt mich
Jemand bei der Gurgel und zu gleicher Zeit höre ich eine Stimme
dicht an meinem Ohre.

»» *Ma foi*, Herr Kamerad, Ihr müßt mir Euern Fuchs auf einige
Zeit überlassen; vier Beine leisten das Doppelte von zweien, und
mein Rappe steckt in der Buttermilch!«««

»Der Mensch ist nämlich klugerweise gar nicht in das Gebüsch
eingedrungen, sondern hat sich gleich hinter die vorderste Hecke
gesteckt und dann mit dem bekannten Artilleristensprunge hinter
mir Platz genommen. Eben will ich mich wenden, um dem kühnen

Gaste eine bleierne Antwort zu bieten, da stürzt mein Pferd über eine hervorstehende Wurzel und wir beiden Reiter schlagen Arm in Arm einen Purzelbaum zur Erde nieder. Im Nu bin ich auf; aber eben so schnell steht auch er vor mir. Degen und Pistolen sind uns entflogen, und wir gerathen deshalb mit den Fäusten an einander. – Von weiteren Details kann ich nicht sprechen, ich weiß nur noch, daß ich an der Erde lag und mit der einen Hand mich aufzurichten suchte, während ich ihn mit der andern bei dem langen, prächtigen Vollbarte gepackt hielt. Freilich gelang es mir nicht emporzukommen, denn der Mann drückte mich mit wahrer Elephantenstärke nieder und raubte mir durch einige Faustschläge, die wie Axthiebe auf meine arme Hirnschale niederschmetterten, die Besinnung.«

»Und das erzählst Du?«

»Warum nicht? Von einem solchen Gegner besiegt zu sein, ist keine Schande, und wenn ich ihm heut auf neutralem Boden begegnete, so würde ich ihm mit dankbarer Anerkennung die Hand drücken. Bei seiner riesigen Stärke würde es ihm jedenfalls ein Leichtes gewesen sein, mich in's Jenseits zu spediren, und ich habe seine letzten Worte wohl behalten.

»»Adieu, Herr Kamerad! Ich wünsche nicht Euern Tod, Ihr sollt nur ein wenig schlafen, mehr nicht. Meinen Hengst lasse ich für Euch zurück; haltet ihn gut, ich werde ihn seiner Zeit gegen Euern Goldfuchs wieder umtauschen!««"

»Und dann?«

»Was dann! Als ich wieder zu mir kam, standen die andern bei mir und der Flüchtling war fort. Sogar seine und meine Waffen hatte er erst noch Zeit gehabt zusammenzulesen, und der Fuchs ist mir bis heute untreu geblieben. Hol's der Teufel!«

»Was für eine Figur hatte der Mann?«

»Er schien gar nicht etwa ein Riesenkind zu sein. Einzelheiten habe ich mir freilich bei der rapiden Geschwindigkeit, mit welcher das Alles von Statten ging, nicht merken können, und ich weiß deshalb nur, daß er kürzer war als ich und einen Vollbart trug. Wiedererkennen werde ich ihn wohl schwerlich; aber dem Wappen nach, welches ich an der Schabrake des zurückgelassenen Pferdes bemerkte, muß es einer aus der Familie von Göbern sein.«

»Ach, richtig; dem traue ich's zu!« rief da der Blauweiße. »Der Rittmeister von Göbern ist der Pathe und Liebling des alten Dessauers, hat bei ihm die Epauletten erhalten, ging dann zum Markgrafen von Schwedt und steht jetzt bei Ziethen. Er ist der beste Reiter und Fechter der Armee, ein feiner Strategiker und besitzt, nebenbei bemerkt, ein wahrhaft fürstliches Vermögen. Persönlich kenne ich ihn nicht, aber erzählen hörte ich viel von ihm. Es gab eine Zeit, in welcher er der Gefeierte der Damenwelt Berlins und Potsdams war, bis man entdeckte, daß er zum Verlieben zu ernst und zum Verheirathen zu vorsichtig sei. Seiner geistigen Gewandtheit und körperlichen Stärke und Unverwüstlichkeit wegen ist er öfters zu den schwierigsten und anstrengendsten Missionen verwendet worden, und es sollte mich wundern, wenn man in Beziehung auf meine Person, da alle Versuche gescheitert sind, – doch das gehört nicht hierher. Uebrigens ist sein Marstall stets reich besetzt und läßt nichts zu wünschen übrig. Hast Du das Pferd bekommen?«

»Freilich, und ich könnte mit dem Tausche sehr wohl zufrieden sein, wenn der Hengst nicht einen unverzeihlichen Fehler hätte.«

»Welchen?«

»Er läßt Niemanden im Sattel.«

»Das wäre!«

»Gewiß! Du weißt, daß ich kein ganz ungeschickter Reiter bin, und nach mir haben ihn zehn Andere bestiegen, die vielleicht noch fester sitzen als ich: aber abgesetzt sind wir worden. Eine Schande ist's, das gestehen zu müssen, aber was will man machen? Kein Mittel habe ich unversucht gelassen, aber immer ohne Erfolg; er gehorcht weder im Guten noch im Bösen, und wirft mir die zähesten Bereiter vor die Füße. Ich schlüge ihn deshalb gern los, wenn ich ihn in gute Hände bringen könnte.«

»Hast Du ihn mit?«

»Ja, er steht mit dem Braunen beim Schmiede. Ich bin überhaupt jetzt verteufelt schlecht beritten. Den Hengst darf ich nicht besteigen und lasse ihn mir also nur als theures Andenken an jene vehementen Kopfnüsse nachführen, und der Braune geht lahm; weil er sich nicht beschlagen läßt. Man hat ihm einmal einen Nagel in's Leben getrieben, und seit jener Zeit steht er keinem Schmiede mehr. Mein Fahnenschmied war der Einzige, dem er sich anvertraute, und der ist leider im Spitale gestorben. Da habe ich denn sämmtliche Schmiede, bei denen mich unsere Marschroute vorbeiführte, aufgetrommelt, aber ein Eisen hat mir Keiner auflegen können. Nun hinkt das Thier auf allen Vieren und ich muß die ganze Zeit über auf geborgten Pferden hängen.«

»Zu wem hast Du geschickt?«

»Weißpflog heißt der Mann und soll der beste Beschläger weit und breit sein.«

»Das ist er auch. Zwar war ich noch nicht bei ihm, aber wenn irgend Einer, so vermag er es.«

»Ich glaube kaum, daß ein alter spießbürgerlicher Hufschnitzer mit dem Braunen fertig wird, und bin deshalb gar nicht mitgegangen. Auf Deine Ueberzeugung hin aber wollen wir uns den Mann einmal ansehen. Gehen die Herren mit?«

Sämmtliche Offiziere erhoben sich und folgten der Aufforderung des Rittmeisters; doch war bei dem Gang durch die Gassen des Städtchens ihre reservirte Haltung gegenüber dem Junker noch hervortretender als innerhalb der vier Wände des Schenkzimmers. Erst an der Spitze der kleinen Gesellschaft kam er bei jedem Schritte weiter zurück und schritt endlich allein und unbeachtet hinter den andern her.

Da plötzlich tönte ihnen lautes Schreien und Hülferufen entgegen; im Laufschritt bogen sie um die Ecke, konnten aber vor der Menge der zusammen gelaufenen Soldaten und Bürgersleute die Ursache des Tumultes nicht eher erkennen, als bis sie sich durchgedrängt hatten. Da lag denn der Reitknecht jämmerlich zerschlagen und zertreten am Boden; der Schmied, welchen das Pferd an die Mauer geschleudert hatte, lehnte leise wimmernd am Thürpfosten, und eine ganze Schaar Cavalleristen hing am Braunen, der schäumend mit ihnen auf und nieder ging.

Die Andern alle hatten sich vorsichtig zurückgezogen und bildeten einen dichten Kreis um die Scene, außerhalb dessen Einer stand, der den Vorgang mit noch lebhafterer Spannung verfolgte als die Näherstehenden. Es war der Handwerksbursche, welchen wir im vorigen Capitel kennengelernt haben. Das wüthende Thier und die Bemühungen seiner Bändiger schien er vollständig zu ignorieren; sein Auge haftete nur auf dem Rapphengste, weicher, von einem Soldaten gehalten, ruhig und theilnahmslos bei Seite stand, und flog zuweilen empor zu den oberen Fenstern der Schmiede, wo zwei Frauenköpfe ängstlich durch die Scheiben lugten.

Den Bemühungen der Offiziere gelang es endlich, das Thier zu beruhigen; der Reitknecht wurde aufgehoben und fortgetragen, und der Rittmeister wandte sich zum Schmied.

»Nun, Meister, wie steht's? Habt auch Ihr Schaden genommen?«

»Ich glaube nicht, eine Quetschung; es sah schlimmer aus, als es ist. Aber einen solchen Teufel von Pferd hab ich auch noch nicht unter den Händen gehabt, und der Bursche hat mich nicht vorher aufmerksam gemacht.«

»Na, laßt's gut sein und ärgert Euch nicht, es ist Andern auch schon so gegangen. Hier habt Ihr ein Trink- und Schmerzensgeld.«

Weißpflog griff nach der unerwarteten Gabe, zog aber auf halbem Wege die Hand wieder zurück, weil er sich von der andern Seite her angeredet hörte. Er drehte sich um und vor ihm stand, die Mütze ehrerbietig in der Hand, der Handwerksbursche.

»Gott zum Gruß und Glück und Segen in's Geschäft, Herr Meister!«

»Danke! Was ist Dein Begehr?«

»Ich bin ein wandernder Gesell der löblichen Zeug-, Huf- und Waffenschmiede und komme, das Handwerk zu begrüßen. Ich bin weit und viel gereist, um Etwas zu lernen und einst ein tüchtiger Meister zu werden, und da ich gestern erfahren habe, daß Ihr der erste und geschickteste Beschläger in der weiten Umgegend seid, so bin ich gekommen, mich in dieser Fertigkeit zu üben und von Euch Unterweisung zu erbitten.«

Trotz des wohlgefälligen Lächelns, welches diese wohlgesetzte Anrede auf die geschwärzten Züge des Schmiedes gelockt hatte, warf dieser doch einen mißtrauischen Blick auf die defecte Kleidung des Gesellen.

»Würdest nicht viel lernen können bei mir; hast ja wohl selbst gesehen, wie mich der Braune da maltraitirt hat. Und Deinem Habitus und Deiner Schneiderfigur nach scheinst Du mir eher ein Luftspringer als ein rechtschaffener Hufschmied zu sein.«

»Möglich!«

Das Wort wurde zwar in ehrerbietigem Tone gesprochen, aber von einer Handbewegung begleitet, in welcher sich das abweisendste Selbstgefühl aussprach. Der Sprecher wandte dem Meister den Rücken und drehte sich zu den Offizieren.

»Will der Herr Rittmeister mir den Braunen anvertrauen?«

»Bursche, wo denkst Du hin! Der macht dich todt!«

»Möglich.«

Jetzt klang das Wort halb spottend, halb wegwerfend und in demselben Augenblicke lagen auch Felleisen, Rock, Weste und Mütze am Boden; die Hemdärmel wurden nach innen aufgestreift und ein Schurzfell hervorgezogen.

»Der Herr Meister hat wohl Feuer auf dem Heerde?«

»Es wird wohl noch brennen.«

»Gut. Ich will erst ein Wort mit dem Pferde sprechen, dann gehen wir an's Werk.«

»Halt!« rief der Rittmeister, »lege das Schurzleder ab. Wenn es dich als Schmied erkennt, darfst Du gar nicht hinan!«

»Pah, am Ende gar den Bratenrock anziehen und Perücke und seidene Handschuhe dazu! Der Braune ist auf die Dauer nur dadurch zu bemeistern, daß man ihm Respect vor dem Schurzfell einflößt und ihn an den Anblick desselben gewöhnt, sonst wird er heut beschlagen und morgen ist der Rappel wieder da. Platz gemacht, ihr Leute; bindet ihm die Zügel lang an den Sattelknopf und laßt ihn dann frei!«

Es geschah, und erwartungsvoll zogen sich Alle zurück. Im ersten Augenblicke schien das Pferd nicht zu wissen, was es mit der überlassenen Freiheit beginnen solle; als der Geselle sich ihm aber näherte, stieg es wiehernd kerzengrad in die Höhe und warf sich herum, das Weite zu suchen. Doch da stand der junge Mann vor ihm, schlug ihm die Linke in die Mähne, den Zeige- und Mittelfinger der Rechten in die dampfenden Nüstern und warf es mit einem Rucke, der einem Simson Ehre gemacht hätte, auf die Hinterbeine nieder. Allerdings war es im nächsten Augenblicke wieder auf, aber ebenso schnell lag es auch wieder am Boden; kein Schäumen und Knirrschen, kein Schlagen und Beißen, kein Wiehern und Stöhnen half gegen den unerbittlichen und gedankenschnellen Fremden, auf dessen Angesichte sich nicht die geringste Spur von Anstrengung und Aufregung zeigte, während das keuchende Pferd im Schweiße badete und die Schaumflocken weit umher warf. Es ermattete mehr und mehr und konnte nicht verhindern, daß der Geselle Platz im Sattel nahm.

Da stand es eine Weile bewegungslos, wie um sich zu besinnen, dann aber ging's mit allen Vieren in die Luft und versuchte, durch eine Reihe von Seitensprüngen den kühnen Reiter abzuwerfen. Dieser aber saß mit lächelndem Munde und leuchtendem Auge oben und schien desto größeres Gaudium zu empfinden, je toller es die Bestie unter ihm trieb. Da endlich rief er laut.

»Aufgepaßt jetzt, wer etwas lernen will!«

Mit kräftigem Stoße grub er den Daumen der geballten Hand zwischen Hals- und Rückenwirbel des Pferdes ein; dieses stieß einen Schmerzenslaut aus, der mit dem Klange des gewöhnlichen Wiehers nicht die entfernteste Aehnlichkeit hatte, und versuchte, wieder in die Höhe zu steigen. Aber wie eingemauert stak sein Leib zwischen den Schenkeln des Reiters, deren gewaltiger Druck ihm trotz der Anstrengung aller Muskeln und Fibern den Athem und die Bewegung raubte. Es war ein Augenblick zum Angstwerden. Hier kämpfte Körperkraft gegen Körperkraft, und die geistige Ueberlegenheit des Menschen war für den Augenblick dispensirt. Die Adern an der Stirn und den Armen des Gesellen traten blau und angeschwollen unter der weißen Haut hervor; blutroth lag die Anstrengung auf seinem Gesichte, und groß und schwer fielen die Tropfen des Schweißes ihm über die Wangen herab. Bewegungslos waren die Züge, starr hing das Auge an dem Kopfe des Pferdes, und dem Zerreißen nahe spannten sich die Zügel. Der Odem des Thieres stieg pfeifend aus den Nüstern, die Beißkette knirrschte unter den vor Angst zusammengepreßten Zähnen; die Hufe hoben sich unter den krampfhaft zuckenden Beinen und suchten doch sofort wieder den festen Boden. So hielten Roß und Reiter eine ganze kleine Ewigkeit an derselben Stelle, bis endlich das Thier lautlos zusammenbrach.

Ein allgemeines »Ah!« der Erleichterung entfuhr den Umstehenden, deren Puls vor Beängstigung gestockt hatte, und die dünne Stimme des kleinen, vorlauten Cornetts tönte:

»Junker, an Den kommt Eure berühmte Muskelkraft doch noch nicht!«

Und der Rittmeister eilte, mehr besorgt um den Zustand des Gesellen als denjenigen seines Pferdes, herbei und faßte ihn bei den Achseln.

»Kerl, wo hast Du das gelernt, und woher nimmst Du diese heidenmäßige Stärke? Du bist ja ein wahrer Satan!«

»Möglich!«

Sich den Schweiß abtrocknend und dem Meister winkend, verschwand er in der Werkstatt, in welcher bald kräftige Hammerschläge ertönten. Und als er dann zurückkehrte, hatte sich das Pferd wieder emporgerichtet, ließ ihn, bei seinem Anblicke zitternd, ruhig und willenlos gewähren und war in kurzer Zeit beschlagen.

»Hier ist Dein Lohn, Gesell, und das Fünffache bekommst Du als Handgeld, wenn Du die Stelle eines Fahnenschmiedes in meiner Schwadron annimmst.«

»Danke, Herr Rittmeister. Meine Frau Mutter hat mir verboten, Soldat zu werden. Das Geld aber gehört nicht mir, sondern dem Meister.«

»Deine Mutter hat mit unserem Handel nichts zu schaffen. Mir liegt viel daran, einen Kerl von Deinem Schrot und Korn bei mir zu haben, und wenn Unsereiner etwas wünscht, so giebt es keinen Gegenwillen. Des Kurfürsten Rock wird Dir prächtig stehen und ist übrigens eine Ehre für einen Burschen, der auf Natursohlen läuft!«

»Ah!« – –

Es war derselbe Laut, den er am Vormittage gegenüber dem Blauweißen ausgesprochen hatte, voll Verachtung, Spott und Geringschätzung. Sein Auge flog hinüber zum Rappenhengste, welcher beim Klange seiner Stimme die Ohren spitzte und haftete dann mit herausforderndem Blicke auf dem drohenden Offizier.

»Und was willst Du jetzt machen, wenn ich dich greifen lasse und mit mir nehme?«

»Eure Schwadron, meinetwegen auch Euer ganzes Regiment vernageln, wenn Ihr mich zwingt. Doch so weit wird es nicht kommen, dafür stehe ich!«

»Wieso?«

»Ihr wollt mich mit Gewalt zur Fahne, und der Gewalt setze ich Gewalt entgegen. Wer mich anrührt, dem geht's wie dem Braunen da. Pasta, abgemacht!«

Mit über die Brust gekreuzten Armen stand er da und musterte mit überlegenem Lächeln seine Umgebung. Da trat der Junker, welcher gleich vom ersten Augenblicke an den Gesellen mit neidischem und wuthblitzendem Auge beobachtet hatte, zu den Offizieren und flüsterte ihnen einige Worte zu. Darauf entspann sich eine leise geführte Unterhaltung, von welcher nur die letzte Bemerkung des Rittmeisters hörbar wurde:

»Abgemacht, ich verlasse mich auf Dich!«

Dann trat der Sprecher mit rascher Wendung auf den Gesellen zu.

»Gut, Du sollst Deinen Willen haben und frei bleiben, obgleich ein Reiter wie Du ganz andere Chancen haben könnte. Aber eine Extragratification sollst Du noch haben, wenn Du einmal versuchst, den Rappen dort zu besteigen. Er wirft Jeden ab, und wenn Du ihn zum Pariren bringst, so wird es Dein Schade nicht sein!«

Das in Rede stehende Thier war schon längst unruhig geworden, warf den schönen, ausdrucksvollen Kopf auf und nieder, zerrte am Zügel und schleuderte den Sand mit den ungeduldig scharrenden Hufen empor. Der Geselle warf einen besorgten Blick hinüber und entgegnete achselzuckend:

»Danke! Meine Frau Mutter hat mir verboten, Hengste zu besteigen!«

Der Offizier lachte ärgerlich und wandte sich zum Junker.

»Weißt Du was, Bredenow, ich mag das Pferd nicht länger zwecklos mit mir herumführen; besteigen kann ich es nicht, und der Braune wird ja nun wohl seine Schuldigkeit tun. Willst Du den Rappen in Futter nehmen? Ich stehe Dir natürlich zu Gegendienst bereit.«

»Meinetwegen. Ich habe hier feste Station und werde ihn zu halten wissen.«

»Topp, nimm ihn.«

Die Pferde wurden abgeführt, die Menge verlief sich und die Offiziere folgten nach.

»Fast hätte mich das gute, prächtige, treue Thier verrathen!« murmelte leise der Geselle und trat dann zum Meister, welcher unter der Thür stand.

»Nun, wie ist's, wollt Ihr mich haben oder nicht?«

»Na, wenn Du denkst«, schmunzelte der Angeredete.

»Gut. Ich mache nicht viel Worte und habe meine eigne Weise, aber ich denke, wir werden zufrieden mit einander sein!«

Noch spät am Abende, als Alles zur Ruhe gegangen war, setzte sich Weißpflog an den Tisch, zog den Lampendocht putzend aus der Dille, richtete die große, rundglasige Klemmbrille auf die Nase, schob erwartungsvoll das Pechkäppchen auf den Hinterkopf und öffnete das Wanderbuch des neuen Gesellen, in welches er noch gar nicht gesehen hatte, weil seine ganze Zeit von der Arbeit und der Sorge für die Einquartierung in Anspruch genommen worden war.

»De e de, e em em dem; I en In, ha a ha, Inha; be e be, e er er, ber; Inhaber, dem Inhaber; de i di, i e ie, die; es e se, es es, ses; dieses; dem Inhaber dieses; Be u Bu, es ze ha che Buch; e es es, ches, Buches; dem Inhaber dieses Buches.« - - -

Als die mühsame Lektüre beendet war, schob er den qualmenden Docht wieder zurück, langte die Brille von der Nase herunter in's Futteral und brachte auch das Hausmütgchen wieder auf den Pfiff, den es kraft des Gewohnheitsrechtes stets beanspruchen durfte, wenn sein Herr und Gebieter nach seiner eignen Ausdrucksweise über etwas »nachzusimpeliren« hatte.

»Also Goldschmidt heißt er, Richard Goldschmidt, und aus Hannover kommt er, und dreißig Jahre alt ist er. Hm! Warum er doch nur bei diesem Alter noch nicht geheirathet und sich eine eigne Wirthschaft gegründet hat? Statt dessen läuft er in der Welt herum und lumpt die Kleider ab! Hm! Ist vielleicht ein Trinker oder hat sonst eine lüderliche Angewohnheit, sonst müßte er ja bei seiner Geschicklichkeit ganz anders dastehen. Na, will 'mal sehen! Er kann sich von meiner Alten die Löcher zuflicken lassen, dann geht's in der Woche und über der Arbeit. Und für den Sonntag da kann er meine alten, gelben Langgänghosen anziehen, die roth- und blaugekästelte Sommerweste und den langen, braunen Schooßrock mit Puffen und Batten, den der selige Schwiegervater sich bei seiner Hochzeit hat machen lassen. Die Sachen werden ihm so ziemlich passen, und ein gutes Wort will ich ihm auch geben und guten Lohn dazu, daß er dableibt und zu Etwas kommt. Er hat so etwas an sich, daß man ihm sofort gut sein muß, und wenn man ihm so recht genau in die Augen guckt, so hält man es gar nicht für möglich, daß er leicht und lüderlich sein kann. Ich glaube, ich werde mir nicht gleich über ihn gescheidt werden, zumal er gar nicht redet und Einen mit seinen großen Augen so vornehm anblitzt, so daß man immer vergißt, was man hat sagen wollen. Ich habe mir ja fast gar nicht getraut, ihn zu fragen, wie er heißt und woher er ist. Aber ein tüchtiger Kerl ist er, und ich habe mein Lebtage noch keinen solchen Gesellen gehabt. Aber das Hemde, das schmutzige – und die Löcher in den Stiefeln – in den Hosen – und in dem Rocke, – die Löcher, – die, – die machen mir Bedenken!«

# 3.
## Stillleben.

Es war dunkel in der Stube, dunkel und still, und nur der einför-
mige Pendelschlag der Wanduhr ließ sich hören. Heut ruhte die
Arbeit, denn es war Sonntag, und die sparsame Mutter hatte noch
nicht nach der Lampe gegriffen. Draußen ging die Abendluft leise
rauschend durch die Baumkronen, und die Sterne warfen ihren
ersten milden Strahl durch die geöffneten Fenster. Da klangen aus
dem kleinen Gärtchen einzelne abgerissene Saitentöne herauf und
mischten sich in das kosende Flüstern der Zweige.

Es war Dämmerstunde, jene liebe Zeit, in welcher wir den Schlag
unseres Herzens vernehmlicher hören und darum so gern die Einsamkeit, die Stille und das Dunkel suchen. In dieser Stunde saß der
neue Geselle täglich nach dem Feierabende unten auf der Bank, und
in den Nachbargärten standen die Leute hinter den Zäunen, um
seiner schönen, volltönenden Stimme zu lauschen. Aber nicht mehr
als nur ein Lied sang er, dann ging er zurück in's Haus und war für
den Abend nicht mehr zu sehen. Und wenn dann Auguste hinab-
ging, so lag auf der Bank immer eine Rose, von zartblühendem
Augentrost eingefaßt.

Die einzelnen Töne vereinten sich nach und nach zu Accorden,
und nicht zagend und erst versuchend, sondern gleich laut und voll
erklang das Lied.

>»In Deiner Liebe ruht mein Leiden,
>Ruht all das Weh vergang'ner Zeit – –«

Es war, als müsse der Hauch des Windes dieser kräftigen, männlichen Stimme Ehrerbietung zollen; die flüsternden Blätter schwie-
gen und hingen bewegungslos hernieder, und selbst der Falter un-
terbrach seinen Flug und setzte sich mit ausgebreiteten, wiegenden
Flügeln an den Fensterrahmen.

>»In Deiner Liebe ruht mein Hoffen,
>In Deiner Liebe ruht mein Herz – –«

begann der zweite Vers. Die Mutter bog sich hinaus, um sich dem süßen Genusse ganz hingeben zu können; das Mädchen aber legte das Köpfchen zurück und drückte die Hand gegen die Brust, als wolle sie eine aufsteigende Regung bekämpfen. Da klang der dritte Vers:

>»In Deiner Liebe ruht mein Leben,
>Ruht meine ganze Seligkeit.
>O laß nach Deinem Glück mich streben
>Und sei mein Eigen allezeit – –«

Es war weder ein bekanntes Lied, noch eine bekannte Melodie; der Sänger improvisirte frei, und grad deshalb waren Worte und Ton so eindringlich und ergreifend.

»Gustel, ich höre, Du weinst wieder, und das darf doch Deiner kranken Augen wegen nicht sein.«

Da schlangen sich zwei Arme um ihren Nacken, und die Stimme des Kindes flüsterte:

»Mutter, mir ist so weh, so sehr wehe!«

»Sag mir, warum?«

»Ach nein, dann würdest auch Du weinen, und das würde mich nur noch trauriger machen.«

»Ich werde nicht weinen, Gustel. Ich bin ja im Unglück stark geworden und werde Deinen Kummer durch meine Klagen nicht verdoppeln.«

»Aber Du wirst das Leid doch fühlen, und je mehr Du es verbirgst, desto größer wächst es an.«

»Willst Du ein Geheimniß vor mir haben, Kind?«

»O nein, nein, aber das Geständniß wird mir so schwer.«

»Komm, lege Deinen Kopf recht innig und fest hierher und denke daran, daß ich als Mutter ein heiliges Anrecht auf die Gedanken Deines Herzens habe.«

Sie umschlang die Mutter fest und fester, und langsam, langsam und zögernd klang es:

»Ich kann – kann – kann nichts mehr sehen, – nichts, gar nichts mehr.«

»Mein Kind, mein armes, armes theures Kind!«

Es war ein Schrei, wie ihn nur eine Mutter ausstoßen kann, ein Schrei aus der tiefsten Tiefe einer angsterfüllten, entsetzten Seele, und dann war's ruhig. Die beiden Frauen hielten sich umschlungen; keine sprach ein Wort, jede suchte ihre Gefühle zu bemeistern, und doch schlugen die Busen gegen einander und verriethen den Sturm, welcher die Wogen ihrer Empfindung aufregte. Lange, lange saßen sie so, bis endlich die Mutter zuerst das Wort ergriff.

»Seit heute wohl erst?«

»Ja. Als ich früh aufstand, war es dunkel um mich, und doch wußte ich dich bei der Arbeit.«

»Und ist's wirklich so, kannst Du gar, gar, gar nichts mehr sehen? Hast Du nicht wenigstens noch einen Schein?«

»Nein. Von dem Tage an, wo mich der Junker so sehr erschreckte, ist's so sehr schlimm geworden; die Hitze hat immer zugenommen, und jetzt, da mir das Auge wieder kühl ist, wird mir der letzte Rest von Hoffnung genommen, den ich noch gehegt habe.«

»Und das ist der Grund, wegen dessen Dir so weh ist?«

»Ja, aber noch etwas.«

»Sage auch das, meine Gustel.«

»Ich kann nicht.«

»Warum nicht.«

»Weil ich es selbst nicht weiß.«

Wieder erfolgte eine Pause; die erfahrene Mutter konnte unmöglich über die letzte Antwort der Tochter lächeln. Sie wußte ja, daß es in einem reinen, unberührten Mädchenherzen Regungen gibt, welche nicht eher in die Erkenntniß treten, bis sie von außen her in Tangention versetzt werden.

»Aber Du fühlst diesen Grund?« fragte sie endlich.

»Ja.«

Schon wollte sie weiter forschen, da kam ihr die Tochter entgegen.

»Hast Du ihn vorhin singen hören?«

Fast erschreckt fuhr die Gefragte zurück. An das hatte sie wohl nicht gedacht, nun aber wußte sie auch, daß die Erblindung ihres Kindes ein doppeltes Unglück für dasselbe sei. Liebkosend zog sie es an sich, und die tiefste Bewegung klang aus jedem ihrer Worte, als sie das einzige Mittel ergriff, das Mädchen vor einem Leide zu bewahren, über welches sich doch nicht sprechen ließ, ohne das flecken- und ahnungslose Gemüth desselben zu verletzen.

»Du weißt vielleicht noch nicht, daß man das eigne Leid über fremdem Weh vergessen kann. Deshalb laß uns einmal zurückblicken in meine Vergangenheit, damit Dein geistiger Blick geschärft werde für das, was das leibliche Auge nicht zu erreichen vermag. Bis jetzt sind Dir nur einige Züge aus dem Bilde meines Jugendlebens bekannt; ich will diese Umrisse vervollständigen und Dir Deine Aufrichtigkeit mit der meinigen vergelten. –

Meine Eltern hast Du nicht gekannt, sie sind mir schon früh entrissen worden, und ich habe außer Dir und Deinem Vater nie ein Wesen gekannt, dem ich mich mit mehr als gewöhnlicher Zuneigung angeschlossen hätte. Der Vater war Beamter in Leipzig gewesen, und ich kam nach seinem Tode zu entfernten Verwandten von ihm, die mich aber nur aufnahmen, um an Lohn für Dienstpersonal sparen zu können. Sie hatten immer einige Studenten in Pension, deren Aufwartung mir übertragen wurde. Aus diesem Grunde kam ich oft mit ihnen in Berührung, die aber trotz der bekannten Zudringlichkeit der meisten dieser Leute eine rein dienstliche blieb, bis ich Deinen Vater kennenlernte.

Er hieß Emil Wallner, war der Sohn armer, auch schon verstorbener Eltern und besaß in ihrer kleinen, unbedeutenden Hinterlassenschaft die allerdings kaum zureichenden Mittel, Medicin zu studiren und sich so eine zufriedenstellende Existenz zu gründen. Er war ein stiller, bescheidener, fleißiger und deshalb kenntnißreicher, junger Mann, zu dem ich mich bald mit innigstem Vertrauen hingezogen fühlte, welches sich unter dem Einflusse seiner männlichen Schönheit bald in die herzlichste Liebe verwandelte, die er mir ebenso warm und innig erwiderte. Wir wußten Beide, daß wir das

Glück unsrer Zukunft nur von unsrer eigenen Arbeit und Tüchtig-
keit zu erwarten hatten, und so strebten wir unter vereinter Anstrengung vorwärts und versagten uns jeden Genuß, der unsre
geringen Mittel bedrohen oder gar schmälern konnte. Aber trotz, ja
vielleicht grad wegen dieses rastlosen Schaffens war jene Zeit eine
schöne, ach eine so sehr schöne, daß die Erinnerung an sie sich wie
ein goldenes, verklärendes Abendroth noch heut über all mein
Denken, Fühlen und Wollen verbreitet.

Leider kam der Augenblick nur zu bald, der uns bittere Trennung
brachte, die mir allerdings durch die Hoffnung des Wiedersehens
erleichtert wurde. Daß diese Hoffnung eine vergebliche gewesen ist,
weißt Du, aber ich halte sie fest, wie ich meine Liebe treu und warm
erhalten habe, und Beide, Hoffnung und Liebe, sie werden nicht
eher sterben, als bis ich selbst mit ihnen begraben werde.

Emil ging, durch die besten Zeugnisse empfohlen, mit einem rei-
chen und hochstehenden Engländer, von dessen Einflusse er sich
die günstigsten Wirkungen in Beziehung auf eine spätere Lebens-
stellung versprach, auf Reisen. Wir versprachen einander, uns so oft
wie möglich zu schreiben, aber außer dem einzigen Briefe, welchen
er mir, von der dort unter dem Spiegel hängenden Bleistiftskizze
begleitet, von Wien aus schickte, habe ich bis heute keine Nachricht
von ihm erhalten.

Ach, es waren traurige Tage, jene Tage, an welchen er von mir
ging, obgleich mir seine Gegenwart und Hülfe bald so nothwendig
werden sollte. Ich habe sie überwunden, aber nur weil ich aufrecht
erhalten wurde durch den Gedanken an die Verpflichtung, mein
Leben nun Dir, Deiner Erziehung und Deinem Glücke widmen zu
müssen. Leipzig, wo jede Straße, jedes Haus, jeder Gegenstand mich
an meine Einsamkeit und Verlassenheit erinnerte, war mir verleidet,
und ich ging in Begleitung eines hiesigen Geschäftsmannes, welcher
während der Messe stets seinen Aufenthalt bei uns nahm, nach
Ernstthal, wo es mir bei vereinfachten Bedürfnissen leichter werden
mußte, durch die Arbeit meiner Hände das Brod für Dich und mich
zu erwerben.

Ich habe hier sehr viel, sehr viel Liebe und Freundlichkeit gefunden, und der erste aufregende und aufreibende Schmerz ist einer
stillen, leidenschaftslosen Trauer gewichen, welche Deine Liebe mir

ja stets gelindert hat. Auch im menschlichen Herzen folgt den Tagen des Sturmes eine Zeit des Friedens, und wenn ein schöner verheißungsvoller Lebensfrühling auch nicht in gänzliche Vergessenheit sinken kann, so ruht doch in einem verzeihenden Gemüthe die beste Gewähr einer trostreichen und dauernden Ruhe.« – – –

Sie holte tief Athem und legte die Hand wie beruhigend über das Auge, in welches die Thräne der Erinnerung warm und feucht getreten war.

»Meine Mutter, meine liebe, liebe Mutter!«

»Ja, mein Kind, Du bist mein größter Reichthum; Du bist das einzige Gut, welches mir geblieben ist, und ohne Dich könnte ich nicht sein und nicht leben.«

Wieder erfolgte eine jener Pausen, welche so beruhigenden und wohlthätigen Einfluß auf eine geistige Aufregung ausüben, und diesmal übernahm Auguste die Unterbrechung.

»Ob er wohl gestorben ist?«

»Es ist mir unmöglich, an ihn als einen Todten zu denken, und noch heut wie früher und immer sehe ich ihn in voller, frischer Jugendkraft vor mir stehen, wie ich ihn beim ersten Begegnen erblickte. O, ich wollte all die vielen Jahre des Kummers vergessen, wenn ich ihn nur noch ein einziges Mal sehen könnte, um ihm zu sagen, wie lieb, wie so unendlich lieb er mir gewesen ist. Und wenn er noch so arm und elend vor mich hinträte, ich wollte ihn willkommen heißen, für ihn sorgen Tag und Nacht und nie, nie ein Wort des Vorwurfes über meine Lippen kommen lassen!«

»Und ich, ich könnte ihn nun nicht sehen!«

»Sei ruhig, mein Herz! Die Krankheit Deiner Augen hat mir schwere und bittre Sorge verursacht, und diese Sorge ist heut größer als je zuvor; aber ich habe tausend Mal unter heißen Thränen im Gebete vor Gott gelegen, und er wird Dich, Unschuldige, nicht heimsuchen eines Fehltrittes wegen, an dem Du kein Antheil hast. Wir haben nur bisher wohl nicht den rechten Arzt gefunden und müssen einmal nach Chemnitz gehen, wo jetzt ein sehr geschickter Augenheilkundiger practiziren soll.

Jetzt aber wird der Meister mit dem Abendsegen auf uns warten. Komm, laß es für heute genug sein!«

Sie gingen nach unten, und fanden allerdings den Meister schon hinter der alten, umfangreichen Nürnberger Bilderbibel.

»Macht, daß Ihr kommt! Meine Alte lauert schon längst auf das heutige Evangelium, wir waren nicht in der Kirche. Auf den Richard brauchen wir leider nicht zu warten, der betet nie, sondern streift lieber mit seinem Jägerfranz, mit dem er dicke Freundschaft geschlossen hat, im Walde herum oder treibt droben in seiner Kammer Allotria. Aus dem wird nichts, und deshalb behalte ich auch meine Langgänghosen, die schön gekästelte Sammetweste und den braunen Schooßrock für mich selbst; er braucht sie auch gar nicht, denn heute früh ist er gleich in einem funkelnagelneuen Anzuge heruntergekommen.«

Er rückte die Brille zurecht und verlas das Evangelium. Dann schlug er ein altes, vielgebrauchtes, in Schweinsleder gebundenes Gebetbuch auf, aus welchem er ein »Abendgebet für den Sonntag« buchstabirte, und wollte eben nach dem »Amen« das Buch wieder schließen, als die Thür geräuschlos geöffnet wurde und der Geselle eintrat. Nach einem kurzen »Guten Abend« setzte sich derselbe an den Tisch, nahm dem Meister das Buch aus der Hand, blätterte einige Zeit suchend darin herum und begann dann mit fesselndem Ausdrucke:

>»Horch, klopfte es nicht an die Pforte?
>Wer naht, von Himmelsduft umrauscht?
>Woher des Trostes süße Worte,
>Auf die mein Herz voll Andacht lauscht?
>Wer neigt, wenn alle Sterne sanken
>Mit mildem Licht und stiller Huld
>Sich zu dem Staub- und Erdenkranken?
>Es ist der Engel der Geduld!
>
>O, laß den Gram nicht mächtig werden,
>Du tiefbetrübtes Menschenkind!
>Wiß, daß die Leiden dieser Erden
>Des Himmels beste Gaben sind,

Und daß, wenn Sorgen Dich umwogen
Und Dich umhüllt des Zweifels Nacht,
Dort an dem glanzumfloss'nen Bogen
Ein treues Vaterauge wacht!

O, laß Dir nicht zu Herzen steigen
Die langverhalt'ne Thränenfluth!
Wiß, daß grad in den schmerzensreichen
Geschicken tiefe Weisheit ruht,
Und daß, wenn sonst Dir nichts verbliebe,
Die Hoffnung doch Dir immer lacht,
Da über Dich in ew'ger Liebe
Ein treues Vaterauge wacht!

O, wolle nie Dich einsam fühlen,
Obgleich kein Aug' sie wandeln sah.
Die sorgenvolle Stirn zu kühlen
Sind Himmelsboten immer da!
Wer stets dem eig'nen Herzen glaubte,
Der kennt des Pulses heil'ge Nacht.
Drum wiß, daß über Deinem Haupte
Ein treues Vaterauge wacht!

Und öffnet sich Dein Auge wieder
Dem hellen, goldnen Sonnenstrahl,
Steigt Dir des Lichtes Seraph nieder,
Den Du ersehnt viel tausend Mal.
O, wolle stets den Glauben hegen,
Der Deiner Seele Trost gebracht,
Daß über allen Deinen Wegen
Ein treues Vaterauge wacht!«

Als er geendet hatte, schlug er das Buch wieder zu und verließ mit einem wie vorhin kurzen »Gute Nacht« die Stube.

Es war, als sei das Gedicht grad für die Seelenstimmung der Anwesenden geschrieben, und Niemand konnte den tiefen Eindruck, welchen die unerwartete Vorlesung gemacht hatte, verbergen. Der Meister war der Erste, welcher sprach.

»Nein aber, kann der Goldschmidt lesen; wer hätte ihm auch das noch zugetraut! Es ist wirklich schade um den Menschen, daß er sich Nächte lang draußen herumtreibt. Aber ich kenne doch das ganze Buch auswendig und habe das Gedicht noch nie gefunden. Ich muß nur einmal das Blatt aufschlagen, auf welchem es steht, es war grad bei dem rothen Einzeichen, welches ich gestern hineingelegt habe.«

Er blätterte, aber vergebens.

»Ich glaube gar, er hat das Gedicht auch gleich so aus dem Kopfe gemacht, wie er die Lieder alle macht, die er draußen im Garten singt, denn ich finde das Dings im ganzen Buche nicht. Es ist wirklich schade, jammerschade um den Kerl!«

Er stand auf, und das war bei ihm das Zeichen, daß er zur Ruhe zu gehen wünsche. Deshalb erhoben sich auch die Andern. Draußen vor der Treppe blieb Auguste stehen.

»Darf ich noch einen Augenblick in den Garten, Mutter?«

»Es ist kühl, Kind, und Du wirst vielleicht auch den Weg nicht sicher finden.«

»O doch, und erkälten werde ich mich auch nicht. Es ist ja nur für einen Augenblick und ich komme gleich nach.«

Da ging die Mutter nach oben; sie gönnte ihr so gern die Gelegenheit, draußen in der Stille des Abends innerlich ruhig und klar zu werden.

Auguste kannte jeden Zollbreit des Weges und fand also trotz der Nacht ihres Auges die Bank. Tastend fuhr sie mit der Hand über dieselbe hin, aber der erwartete Strauß lag heut nicht da. Nur seinetwegen war sie gekommen und wollte nun enttäuscht wieder zurückgehen, da hörte sie die Hofthüre knarren und den Schritt eines Nahenden. Es war Goldschmidt, sie kannte ja diesen leichten, elastischen und doch so sichern Schritt. Es war ihr, als müsse sie sich verbergen, und unwillkürlich wandte sie sich zur Seite, da aber fühlte sie sich auch schon bei der Hand erfaßt.

»Bitte, bitte, Auguste, nicht Angst haben!«

Er führte sie zur Bank zurück und nahm neben ihr Platz. Es war ihr so bang, aber diese Bangigkeit war nicht von der Art, wie man sie einem gefürchteten Ereignisse gegenüber empfindet.

»Ich möchte gern zwei Fragen aussprechen. Darf ich?«

»Ja«, antwortete sie zaghaft.

»Wen stellt das scizzirte Portrait vor, welches droben unter dem Spiegel hängt?«

»Meinen Vater.«

»Es ist wohl nicht gestattet, etwas Näheres über ihn zu wissen?«

»Wir wissen selbst seit langer Zeit nichts mehr von ihm. Er heißt Emil Wallner, war in Leipzig Student der Medicin und ging vor achtzehn Jahren mit einem Engländer nach Wien, von wo aus er zum letzten Male geschrieben hat. Das ist das Eine, und nun das Andere. Mama hat von einem Herrn von Bredenow, den man hier unter der Bezeichnung des »Blauweißen« kennt, die Anfertigung seiner Wäsche in Auftrag bekommen, und dieser Herr kommt nun fast täglich, um zu sehen, wie weit die Arbeit vorgeschritten ist. Seine Gegenwart ist uns außerordentlich unwillkommen«, fiel das Mädchen mit dem feinen Instinkte ein, den wir so oft und gern beim andern Geschlechte beobachten. »Mutter hat den Auftrag nur angenommen, weil es jetzt an Beschäftigung mangelt und sie nicht wissen konnte, daß derselbe den Vorwand zu wiederholten Besuchen bilden werde.«

»Ich danke.«

Er stand auf und ergriff ihre beiden Hände.

»Zürnt mir Auguste wegen meiner Zudringlichkeit?«

»Nein.«

»Gewiß und wahrhaftig nicht?«

»Gewiß und wahrhaftig nicht!«

»Gute Nacht, meine liebe Auguste!«

»Gute Nacht.«

Sie fühlte seine Lippen auf ihrer Hand und vernahm dann seinen sich entfernenden Schritt. Ihr Herz klopfte stürmisch und ungeahnte Empfindungen durchwogten ihr Inneres. Einen Fremden, ja wohl jeden Fremden hätte sie mit diesen Fragen zurückgewiesen, zu diesem Manne aber fühlte sie sich mit offenem, unwiderstehlichem Vertrauen hingerissen, und es war ihr, als könne er durch seine Fragen den Brunnen ihrer Seele bis auf den Grund ausschöpfen. So eindringlich wie bei den Worten »gewiß und wahrhaftig nicht?« und so tief und innig wie bei dem Abschiedsgruße »gute Nacht, meine liebe Auguste!« hatte ihr noch keine Stimme geklungen, und in seiner Art und Weise, in der dritten Person mit ihr zu sprechen, hatte etwas ihr so Wohlthuendes, für sie Rücksichtsvolles gelegen. Er war es gewesen, der sie aus der Umarmung des verhaßten Junkers gerettet hatte, das war ihr aus den Reden des Letzteren klar geworden, und noch dachte sie mit Angst und Entsetzen jenes Augenblickes, wo er vor ihrem Fenster mit dem wüthenden Pferde gerungen hatte. Dieser Mann konnte unmöglich so sein, wie ihn der Meister bezeichnet hatte, und wenn sie auch nicht den Scharfblick psychologischer Reife und Erfahrung besaß, so konnte sie doch auch nicht der überzeugenden Sprache ihres Gefühles widerstehen.

Noch lange saß sie sinnend auf ihrem Platze und hielt mit der andern Hand wie schützend die Stelle umschlossen, auf welcher sein Mund geruht hatte. Da erhob sie sich und streifte einen Gegenstand, welcher neben ihr lag. Sie nahm ihn auf; es war der gesuchte Strauß. Hatte er schon vorhin hier gelegen und war nur von ihr unbemerkt geblieben oder war er erst später hergelegt worden? Sie wußte es nicht, aber als sie sich zur Ruhe gelegt, konnte sie den Schlaf nicht finden, und noch als er ihr endlich die Augen schloß, klangen ihr die Worte, wie sie solche bisher nur aus dem Munde der Mutter gehört hatte und die sie um Alles in der Welt nicht ungeschehen gewünscht hätte, noch immer in's Ohr: »Gute Nacht, meine liebe Auguste!«

# 4.
# Der Kampf.

Der Herbst war in's Land gekommen und hatte Feld und Flur in jene wehmüthigen Farben gekleidet, welche uns verkünden, daß die schaffende Natur zur Rüste gehe und die Zeit des Blumenduftes und Vogelsanges sich zum Abschied neige. In diesen Tagen zittern die Saiten des Menschenherzens in einer Stimmung, welche uns so gern zum Nachdenken und zur Einkehr in unser Inneres führt, und deshalb ist der Herbst ebenso die Zeit der Ernte für die Früchte, welche uns im Busen reifen, wie er die Garben sammelt, welche die Sichel des Schnitters von der Erde löste. Und ruht irgend ein Weh in unserer Brust begraben, so steht es zur Zeit des Blätterfalles auf von den Todten und richtet unser Sinnen niederwärts zur Scholle, aus welcher wir emporstiegen, um durch die Mühe und Arbeit des Erdenlebens den Geist für eine höhere Welt zu zeitigen und dann wieder in den Staub zurückzusinken.

Solche Gedanken waren es, welche heut schon beim Morgengrauen die Mutter begrüßt und in den Garten begleitet hatten. Es war ihr Geburtstag und zugleich der Tag, an welchem sie vor nun zwanzig Jahren den Geliebten zum ersten Male gesehen hatte. Dieser Tag hatte ihr das Dasein gegeben, hatte dann über ihre Lebensrichtung entschieden und sollte ihr nun auch Klarheit bringen über die Zukunft ihres Kindes. Sie erwartete deshalb in einer späteren Morgenstunde den Botenfuhrmann, mit dessen Geschirr sie in Begleitung Augustens nach Chemnitz zum Augenarzte zu fahren gedachte. Ihre Mittel reichten zwar für eine länger andauernde Kur bei Weitem nicht aus, denn der allgemeine Nothstand hatte als eine Folge des Krieges sich schon seit längerer Zeit auch für sie fühlbar gemacht und ihre Kasse erschöpft, aber der Junker hatte für heut früh die Ablieferung der Wäsche bedingt, da er verreisen müsse, und von der Bezahlung dieser Arbeit konnte sie wenigstens die Kosten der Reise und einer ärztlichen Consultation bestreiten. – Da wurde sie in ihrem Nachdenken unterbrochen.

»Mutter, bist Du unten?«

»Ja, hier bin ich.«

»Komm doch einmal recht schnell herauf!«

Sie folgte dem Rufe, hatte aber oben die Stubenthür kaum geöffnet, so stieß sie einen lauten Schrei der Ueberraschung aus. Grad der Thür gegenüber hing das in Oel gemalte Brustbild des Mannes, an den sie heut schon so viel gedacht hatte. Die Röte der Gesundheit und Jugend auf den Wangen, das gold- und silberbetreßte Cerevis auf den Locken, schien er lebendig hinter den reich verzierten und von Guirlanden umwundenen Rahmen getreten zu sein, um den Wunsch zu erfüllen, den sie vor nicht langer Zeit mit heißem Verlangen gegen die Tochter ausgesprochen hatte. Mit ausgebreiteten Armen stürzte sie laut schluchzend auf das Bild zu und drückte die krampfhaft zuckenden Lippen wieder und immer wieder auf dasselbe.

»Emil, Emil, mein Emil. Ist's wahr, daß diese Leinwand Deine lieben, unvergeßlichen Züge so treu und wahr festzuhalten vermag, wie sie meinem Herzen eingegraben sind? Auguste, komm, eile her und sieh Deinen Vater!«

»Mutter, ich kann nicht.«

»Mein Gott, es ist ja wahr. Aber Du sollst ihn sehen, Du mußt ihn sehen, ich fühle in diesem Augenblicke, daß Gott nicht Gott sein müßte, wenn unsre Gebete unerhört blieben! Aber wer hat uns diese Ueberraschung bereitet, wo kommt das Bild her, und wer hat es gemalt? Du weißt es!«

»Nein. Als ich aufgestanden war und die Stube betrat, fühlte ich den Kranz dort auf dem Tische und dachte mir gleich, daß es ein Geburtstagsgeschenk für Dich sein solle. Deshalb rief ich Dich.«

»Auch dort noch! Was ist es?«

Der Tisch war mit einer weißen Decke überbreitet, auf welcher, von Blumen, Früchten und Concekt umgeben, eine kunstreich gearbeitete Silberplatte mit einem Briefe lag. Hastig ergriff sie den Letzteren, warf einen Blick auf die Adresse und fiel dann wie besinnungslos in den Sessel.

»Mutter, meine gute Mutter, was ist Dir?«

»Nichts, o nichts! Laß mich und gönne mir nur einen Augenblick der Erholung.«

Mit den gefalteten Händen den Brief an die hochklopfende Brust drückend, saß sie geschlossenen Auges da und ließ durch das Lächeln des Glückes, welches auf dem sonst so blassen Angesichte lag, die Seligkeit errathen, von welcher sie überwältigt worden war. Aber die Ungewißheit über den Inhalt des Briefes ließ ihr nicht lange Ruhe, und mit vor Erregung zitternden Händen öffnete sie ihn.

»Es ist ein Brief von Deinem Vater; ich erkannte sofort die Handschrift, trotzdem sie sich im Laufe der Jahre viel verändert hat. Hier steht seine Unterschrift und da ist auch die alte, trauliche Anrede, welche er stets gebrauchte:

>>Gott grüße Dich, mein Herz!

Ich habe viel und schwer an Dir gesündigt und darf deshalb wohl kaum erwarten, daß Du mir ein freundliches Andenken bewahrst. Aber das Verlangen nach Vergebung und Sühne treibt mich zu Dir und dictirt mir den Gruß, welchen ich heut an Deinem Geburtstage Dir als den Vorboten einer baldigen Ankunft übersende.

Emil Wallner.«

»Hörst Du«, rief sie jauchzend, »er kommt, er hat mich nicht vergessen, und wenn er auch nichts von Liebe schreibt, so verbietet ihm doch nur die Ungewißheit über meine Gesinnung dieses Wort. O, nun ist Alles, Alles gut, und ich darf die Vergangenheit hinter mich werfen wie einen schweren Traum, von welchem man erwacht, um sich der schönen Wirklichkeit doppelt zu freuen. Doch laß uns jetzt unten fragen, wem wir diese Freude zu danken haben!«

Aber trotz aller Dringlichkeit war nichts zu erfahren. Die beiden Schmiede waren im Hausflure beschäftigt gewesen und konnten also mit Gewißheit behaupten, daß Niemand ein- und ausgegangen sei, und von ihnen selbst konnte die Gabe ja unmöglich abstammen.

Während man sich unten deshalb in verschiedenen Vermuthungen erging, befand Auguste sich oben allein im Zimmer und wartete auf das Ergebniß der Erkundigung. Zwar gab es eine Ahnung in ihr, aber sie konnte derselben nicht Raum geben, da sie ihr zu unbegründet erschien. Da ging unten die Hausthür und die Treppe knarrte unter schweren, gewichtigen Tritten. Sie hatte in den letzten Wochen diesen Schritt öfter hören müssen als ihr lieb war, und zog sich, als die Thür geöffnet wurde, in die Ecke des Zimmers zurück.

»Guten Morgen!«

»Guten Morgen, Herr Junker!«

»Ich komme nach meiner Wäsche zu sehen und finde Dich allein in der Stube. Ist Deine Mutter ausgegangen?«

»Nein, sie befindet sich unten und ich werde sie rufen. Eure Wäsche ist fertig.«

»Laß das Rufen einstweilen, die Zeit wird mir bei Dir nicht allzu lang werden.«

»Aber uns ist sie heut karg zugemessen, wir verreisen.«

»Ach so! Wohin?«

»Nach Chemnitz zum Augenarzte.«

»Das ist klug und nothwendig. Aber gehen könnt ihr den weiten Weg doch nicht,«

»Nein, wir fahren mit dem Boten.«

Sie hatte nicht sehen können, wie sein kleines, stechendes Auge schadenfroh unter den buschigen Brauen hervorgeblitzt hatte, als sie ihm arglos Mittheilung von der beabsichtigten Reise machte. Jetzt war er ihr näher getreten und ergriff ihre Hand.

»Ich wünsche Dir natürlich den besten Erfolg, aber so lange euch das Geld zu einer eingehenden ärztlichen Behandlung fehlt, glaube ich nicht an ihn. Wenn Du nur ein klein bischen zutraulicher sein wolltest, würde ich alle diese Ausgaben auf mich nehmen.«

»Laßt mich, Herr, ich muß die Mutter rufen!«

»Nachher Schatz, wenn wir uns verständigt haben.«

Er zog sie gewaltsam an sich und merkte im Eifer nicht, daß die Mutter eingetreten war.

»Herr von Bredenow, gelten Eure Besuche Eurer Wäsche oder einem andern Gegenstande?«

»Beides, meine liebe Dame«, antwortete er und hielt dabei das Mädchen noch immer fest.

»Die Wäsche ist fertig.«

»Gut, ich werde sie abholen lassen.«

»Dann können wir Euch also Adieu sagen?«

»In dieser Angelegenheit werdet Ihr mir wohl die Initiative lassen müssen. Ich habe vom Fräulein hier gehört, daß Ihr nach Chemnitz wollt und stehe eben im Begriff, die kranken Augen einer näheren Besichtigung zu unterwerfen, um auch mein wohlgemeintes Urtheil abgeben zu können.«

»Dann bitte ich, diese Besichtigung auf eine gelegenere Zeit zu verschieben. Der Fuhrmann hält schon unten und wir dürfen uns nicht mit unnützen Dingen beschäftigen.«

»Ach so, man weist mir also die Thür?«

»Sie ist zu groß, um nicht auch ungewiesen bemerkt zu werden.«

»Gut, ich gehe, vorher aber erlaube ich mir einen kleinen Abschied.«

Er legte den Arm wieder um das Mädchen, wurde aber von der erzürnten Mutter sofort gefaßt.

»Laßt das Kind gehen oder ich rufe sofort Hilfe herbei!«

»Ah, jetzt wird es interessant; die Katze schützt das Kätzchen.«

Er stieß die Störende von sich und verfolgte das Mädchen, welches sich wieder in die Ecke zurückgezogen und den Tisch als Schutzwehr vorgeschoben hatte.

»Meister, Richard, herbei, zu Hilfe!« rief die Mutter.

Der Geselle stand allein am Herde, voltigirte sofort mit zwei Sätzen die Treppe hinauf und stand im nächsten Augenblicke zwischen Auguste und dem Junker. Das Weiße seines blitzenden Auges stach furchterweckend aus dem rußgeschwärzten Gesichte hervor und seine Stimme klang kurz und gebieterisch, als er, auf die Thür zeigend, das Commando wiederholte, welches er diesem Manne gegenüber schon einmal ausgesprochen hatte.

»Kehrt! – Marsch! – Eins!« –

Da trat auch der Meister in die Stube, und der Junker, welcher sich in Gegenwart der Frauen vielleicht muthiger als damals gezeigt hätte, sah sich zwei Gegnern gegenüber gezwungen, das Feld zu räumen.

»Es sei denn, ich weiche, aber nur um Spectakel zu verhüten. Unser nächstes Zusammentreffen aber wird zwischen uns entscheiden.«

Nach Berichtigung seiner Rechnung trat er den schimpflichen Rückzug an, und die beiden Frauen bestiegen kurze Zeit später den Leiterwagen, der sie der bang erwarteten Entscheidung entgegenbringen sollte.

Der Tag verging, bereits dunkelte der Abend herein und noch waren sie nicht eingetroffen. Weißpflog wurde unruhig und löschte früher als gewöhnlich das Feuer aus. Die beiden Hausgenossen waren ihm so lieb geworden, als gehörten sie zu seiner eigenen Familie, und ihr Wegbleiben verursachte ihm ernstes Bedenken. Goldschmidt dagegen ließ nicht die geringste Spur von Sorge an sich bemerken. Wortkarg wie immer erwähnte er die Abwesenden mit keiner Silbe, setzte sich nach beendigter Arbeit ruhig zum Essen nieder und verließ dann phlegmatischen Schrittes die Stube. Aber kaum eine Minute später hörten die Meistersleute ihn das Haus verlassen, und als die wißbegierige Hausfrau ihm durch die halbgeöffnete Thür nachblickte, sah sie ihn den Weg nach der Straße einschlagen, die nach Chemnitz führte.

Je weiter er sich von Ernstthal entfernte, desto eiliger wurde sein Lauf. Kurz vor dem nächsten Dorfe begegnete ihm eine verschlossene Kutsche, auf deren Bocke er trotz der Dunkelheit zwei Männer gewahrte, von denen der Eine den Anderen fast um Kopfeslänge überragte.

»Das war der Junker! Er kommt auch von Chemnitz und hier ist sicher irgend eine Teufelei los, die jedenfalls in Verbindung mit dem langen Außenbleiben unserer Frauen steht. Ich fahre mit.«

Gedacht, gethan. Er nahm Platz auf dem leeren Kofferbrette und beschloß, nicht eher als bis beim Halten des Wagens abzusteigen.

Die Frauen waren erst am Nachmittage bei dem Arzte vorgekommen. Dieser hatte die kranken Augen einer sorgfältigen Untersuchung unterworfen und dann den Kopf geschüttelt. Die medicinische Kenntniß hatte damals noch nicht die Höhe der Entwicklung erreicht, auf welcher sie sich jetzt befindet; man stritt sich über die verschiedenen Systeme und war noch nicht zu der Erfahrung gelangt, daß es die beste Kunst des Arztes sei, Hindernisse zu entfernen und die Natur zu unterstützen. Man erging sich in den verschiedenen Philosophemen und nur selten wagte ein begabter Kopf, den Damm der herkömmlichen Heilmethoden zu durchbrechen. Und so erhielt die Blinde nach beendigtem Kopfschütteln eine kühlende Einreibung nebst einer Auflösung von Galizienstein und wurde dann mit einigen Trostesworten entlassen.

Im Gasthofe fanden sie den Fuhrmann ihretwegen in großer Verlegenheit. Die heutige Rückfracht war so bedeutend, daß der Wagen hochauf vollgeladen war und an ein bequemes Sitzen nicht gedacht werden konnte. Glücklicherweise überholte sie bald ein leerer Kutschwagen, dessen Führer sie mit einem mitleidigen Blicke betrachtete und dann nach dem Ziele der Reise fragte.

»Wir fahren nach Ernstthal.«

»Ich fahre auch dahin. Wenn Ihr wollt, so könnt Ihr bequemer und schneller nach Hause kommen. Steigt zu mir herüber.«

Das freundliche Anerbieten wurde angenommen, und schon saß Auguste in den weichen Kissen, als plötzlich die Pferde scheuten und im schnellsten Laufe mit dem Fuhrwerke davongingen. Es dauerte eine geraume Zeit, ehe das Gespann zu einem langsameren Schritte gebracht werden konnte, und als das Mädchen den Kutscher bat, auf die Mutter zu warten, klang seine Antwort abweisend.

»Wir sind ihr nun zu weit voraus, und ich darf nicht halten, weil die Pferde zu feurig sind und ich auch zur bestimmten Zeit eintreffen muß. Willst Du warten, so kannst Du aussteigen.«

Freilich schien es ihm mit dem Letzteren nicht ernst zu sein, denn er machte keine Miene, die Zügel zu pariren, und das Mädchen hatte ja auch keine Ursache, dem Manne zu mißtrauen. Es saß sich hier so warm und weich, und für die Mutter war das Fahren auf den Kisten jedenfalls nun auch weniger beschwerlich geworden. Sie lehnte sich in die Ecke zurück und war bald in einen so festen

Schlummer gefallen, daß sie nicht bemerkte, wie es mittlerweile Nacht wurde und der Wagen hielt, um den Junker aufsteigen zu lassen, der die leise Frage ausstieß:

»Alles gelungen?«

»Alles.«

»Gut. Wir biegen später von der Straße ab und fahren nach dem kleinen Waldhäuschen, wo Du sie aussteigen und eintreten lässest noch ehe sie so recht aufmerksam wird. Vorwärts.«

Daß kurze Zeit darauf der Geselle sich hinten aufsetzte, wurde nicht wahrgenommen, und so ging die Fahrt von der Chaussee ab in den Wald hinein und endete vor einer Hütte, welche bestimmt war, den Forstleuten während der Nacht oder vor unangenehmem Wetter Schutz zu bieten. Der Kutscher stieg ab und öffnete, während der Blauweiße schnell im Innern verschwand, den Schlag.

»Na, da sind wir. Du kannst aussteigen.«

Noch halb schlaftrunken, fiel es gar nicht auf, daß der ihr vollständig fremde Mensch sie noch gar nicht nach ihrer Wohnung gefragt habe. Sie folgte der leitenden Hand und wurde erst aufmerksam, als sie unbekannte Gegenstände unter den tastenden Fingern fühlte und ein eigenthümlicher Modergeruch, wie er unbewohnten Räumen eigenthümlich zu sein pflegt, sie umwehte.

»Mein Gott, ich bin ja gar nicht zu Hause!«

»Aber doch unter Dach und Fach, und es wird Dir schon in diesem einsamen Waldhause gefallen, wenn ich nur erst das Reißig dort auf dem Herde in Brand gesteckt habe. Dann wird es warm und traulich, und wir können unsere unterbrochene Unterhaltung von heut Morgen in aller Gemüthlichkeit fortsetzen.«

Sie schrak bei dem Klange dieser Stimme heftig zusammen und wandte sich hastig zurück, den Ausgang zu suchen. Da aber wurde sie bei der Hand gepackt und hörte zugleich den Riegel in's Schloß fallen.

»Halt, so rasch geht das nicht, Liebchen! Jetzt mußt Du schon bei mir aushalten; der Wagen ist fort und diesmal hilft Dir kein Gott und kein Teufel los.«

»Der Teufel wohl nicht, aber glaubt Ihr wirklich, daß es keinen höheren Schutz gebe für ein armes, wehrloses Mädchen und daß ich nun verloren sei, weil ich nicht mehr sehen und mich also noch weniger vertheidigen kann als früher?«

Das sonst so furchtsame Mädchen, welches damals auf der Waldwiese vor Schreck keines Wortes fähig gewesen war, war in diesem Augenblicke kaum mehr zu erkennen. Der Gedanke, daß sie in ihrer gegenwärtigen Lage Hilfe nicht von außen, sondern nur in sich selbst zu suchen habe, concentrirte all ihre Energie auf den Entschluß, sich bis zum letzten Reste ihrer schwachen Kraft zu vertheidigen. Stolz und aufrecht, die Röthe der Entrüstung auf den Wangen, das starre Auge gespenstisch auf den Gegner gerichtet, stand sie da, vom Scheine der knisternden Flamme beleuchtet, und streckte den Arm aus, nach einem Halt zu suchen. Bei dieser Bewegung kam ihr der Griff des Stoßdegens in die Hand, welchen der Junker der Bequemlichkeit wegen abgelegt und in die Ecke gelehnt hatte. Im Augenblicke war die Waffe entblößt und zum Stoße gezückt, und diese Entschlossenheit verfehlte ihren Eindruck selbst auf den harten, rücksichtslosen Mädchenräuber nicht.

Er war unwillkürlich einen Schritt zurückgetreten, doch wich diese Bestürzung bald einem schadenfrohen, höhnischen Lachen, mit welchem er wieder auf sie zutrat.

»Alle Wetter, jetzt fange ich wirklich an, mich zu fürchten. Monatelang bin ich um Dich herumgelaufen und habe die Gelegenheit erspäht, einmal so recht schön allein und ungestört mit Dir zu sein, und nun es mir endlich so prächtig geglückt ist, soll ich Dich wieder laufen lassen, weil ich mich entweder vor Gespenstern oder gar vor meiner eigenen Klinge fürchte. Mein wirst Du heute und wenn sich zehn Götter und hundert Schmiedejungens dagegen stellten.«

Rasch hatte er ihren Arm unterlaufen und drückte mit seiner gewaltigen Faust ihre Hand, daß sie mit einem lauten Wehruf die Waffe fallen ließ. Noch aber war es ihm nicht gelungen, sie aus der Ecke, in welche sie sich rückenfrei gestellt hatte, zu entfernen, als die Thüre unter einem mächtigen Stoße erkrachte und sich draußen eine tiefe, volltönende Stimme hören ließ. –

»Aufgemacht, oder ich trete die Bude zusammen!«

»Das ist Richard«, rief, vor Freude zitternd, das bedrängte Mädchen. »Herein, herein, zu Hilfe!«

Wirklich schien das Häuschen aus allen Fugen gehen zu wollen, als auf diesen Ruf die von einem Fußtritte aufgesprengte Thür in den engen Raum hereinstürzte.

»Ah, die Herren Junkers laichen im October.«

Es lag eine wahrhaft niederschmetternde Verachtung in dem Tone, mit welchem diese Worte ausgesprochen wurden. Die schlanke, elastische Gestalt des »Schmiedejungens« lehnte leicht und graziös an dem halb aus der Mauer gerissenen Thürpfosten; die kleine, von der Arbeit jetzt etwas gehärtete Hand drehte in zierlichen Windungen die Spitzen des schwarzen Bärtchens, und mit spöttischem Aufleuchten schweifte der Blick seines festen, furchtlosen Auges über die hochaufgerichtete, muskulöse Figur des Ertappten hin zu dem Mädchen, welches sich wie dankend mit gefalteten Händen der Richtung zugewendet hatte, in der er stand.

Da entfuhr den Lippen des in seiner Erwartung betrogenen Feindes ein Fluch, so gräßlich und lästerlich, daß das Mädchen erbleichte; im nächsten Augenblicke hörte sie die Männer zusammenprallen, dann vernahm sie ein beängstigendes Aechzen, Stöhnen und Schnaufen und dann erfolgte ein Krach, unter welchem der Fußboden erzitterte.

»Hund, das soll Dir nicht wieder gelingen!« hörte sie die keuchende Stimme des sich wieder vom Boden aufraffenden Junkers. Das Ringen und Schnaufen begann von Neuem und war von unarticulirten Lauten begleitet, die aus einer wie eingeschraubten Brust hervordrangen; dann flog es wieder an ihr vorbei, erst an die gegenüberliegende Wand und dann zur Erde nieder, von der Thür her aber klang es ruhig und bedächtig:

»Bitte, Auguste, nur immer in der Ecke bleiben!«

Der Kampf erneuerte sich, Säbelhiebe klirrten, dann flog die Waffe gegen das Fenster, ein schwerer, dumpfer Fall ließ sich hören, ihm folgte ein tiefes, ängstliches Röcheln und endlich ein Schlag wie mit einer Keule gegen einen hohlen aber festen Gegenstand; ein letzter, fürchterlicher Schrei und dann war Alles still.

»Richard!«, rief sie, die Hände in unendlicher Angst vorstreckend, »Richard!«

»Hier bin ich!« klang es neben ihr, und nicht das leiseste Zittern seiner Stimme, nicht das geringste Beben seiner Hand, welche die ihrige gefaßt hielt, verrieth die furchtbare Aufregung und Anstrengung, welche die letzten Augenblicke gebracht hatten.

»Wo ist er?«

»Er liegt, von einem Faustschlage betäubt und von seiner eigenen Waffe verwundet, hier am Boden.«

»Mir ist so angst; wir wollen gehen!«

»Jawohl. Noch stehe ich zu allein, um ihn fassen zu dürfen, aber es wird die Stunde kommen, in welcher ich mit ihm abrechne.«

Indem er diese Worte mehr zu sich selbst als zu dem Mädchen sprach, nahm er ihren Arm und schritt, ohne den Besiegten eines weiteren Blickes zu würdigen, mit ihr hinaus. Rechts und links streckten die Bäume ihre dunklen Aeste über den Weg und ließen nur selten einen silbernen Sternenstrahl zwischen sich hindurchschlüpfen. Der Wald rauschte seine geheimnißvolle Weise und mißtönender Unkenruf klang vom Teiche herüber. Das Mädchen schmiegte sich inniger an ihren Begleiter und stützte sich fest auf den Arm desselben. Er fühlte das Zittern ihrer Hände, er hörte den beklommenen Hauch ihres Athems, aber er sprach kein Wort.

Da plötzlich blieb sie stehen, schlang die Arme um seinen Hals und zog seinen Kopf nieder zu dem ihrigen.

»Richard!«

Sie wollte weiter sprechen, aber die Thränen erstickten ihre Stimme, und weinend barg sie das Gesicht an seine Brust.

»Auguste, Du liebes, süßes Wesen, magst Du bei mir sein und mit mir jetzt und immerdar?«

»Wie gern, ach wie gern! Aber es darf nicht sein.«

»Warum nicht?«

»Ich bin blind.«

»Hast Du nicht den Trost verstanden, den ich Dir am Abende eines jeden Tages mit der Rose geben wollte?«

»O ja.«

»Dann hege Hoffnung und vertraue Gott und mir. Willst Du?«

»Ja.«

»So komm, wir müssen eilen, um die Angst der Mutter zu stillen. Ich kann mir denken, wie Alles gekommen ist, und Du sollst erst dann erzählen, wenn wir zu Hause sind.«

# 5.
# Die Rekrutenpresse.

»Und ich wiederhole es, der Richard ist ein Erzstrick, und je länger er da ist, desto ärger treibt er's. In der ersten Zeit lief er wenigstens nur des Nachts draußen herum, jetzt aber geht er mir oft schon am frühen Morgen von der nothwendigen Arbeit fort, und wenn ich einmal denke, daß wir ihn zu Hause haben, so sitzt er droben in seiner Kammer und kramt in Büchern und Landkarten herum, die doch einem ehrlichen Schmied nicht den kleinsten Quark Nutzen bringen. Und dabei läuft mir seine Bekanntschaft fast das Haus ein. Bald kommt ein zerlumpter Schneider, bald ein liederlicher Schuster, bald Der, bald Jener, der ihn draußen auf der Wanderschaft kennengelernt hat, und dann wird droben geschnapft und geduckmäusert, daß man kaum einmal Gelegenheit bekommt, nach dem Buche zu fragen. Man will doch auch gern wissen, wer bei Einem ein- und ausgeht. Freilich holt er das Versäumte rasch und gut wieder ein, aber ich mag doch eine solche Unordnung nicht leiden und werde ihn, obgleich es mir herzlich sauer ankommen wird, schließlich fortschicken müssen.«

»Nein, Alter, das wirst Du nicht. Er ist in allem Andern so brav und so – so – so – ich weiß nicht gleich wie ich sagen soll, aber es ist mir immer, als müßten wir uns dafür bedanken, daß er mit uns fürlieb nimmt. Er ist Dir ja selbst an's Herz gewachsen, und nur Deine strenge Ordnungsliebe stößt sich an Dinge, die er gewiß unterlassen würde, wenn er nicht Grund zu ihnen hätte.«

»Na, ich will nicht mit Dir zanken und gebe auch gern zu, daß ich im übrigen einen ganz gewaltigen Respect vor ihm habe, aber bei ihm sieht es grad so aus, als wäre die Arbeit blos zum Vergnügen da; er könnte mir doch wenigstens sagen, was ihn so oft von ihr abhält. Gestern ist er wieder den halben Tag fort gewesen, und heute steht er nun sogar während der Mittagsstunde draußen und hämmert drauf los, als wolle er den Amboß in den Boden hineintreiben. Aber wer kommt da? Ein Schlitten mit einem Fremden. Da wird's wohl etwas auszubessern geben.«

Der Passagier stieg aus, sprach einige kurze Worte zu dem Gesellen und trat dann in die Stube.

»Grüß Gott! Kann ich einige Augenblicke hier verweilen? Meine Deichsel ist abgebrochen und ich muß mir ein Band darumlegen lassen.«

»Willkommen, Herr, machts Euch bequem! Ich werde gleich mit zugreifen, damit Ihr nicht zu lange aufgehalten werdet.«

Weißpflog ging hinaus, und die gesprächige Meisterin befand sich bald in lebhafter Unterhaltung mit dem Fremden, der den Reisepelz abgeworfen hatte und beobachtend am Fenster stand. Den männlich schönen Kopf leicht zurückgeworfen, strich er sich nachdenklich den blonden, wolligen Vollbart und ließ die freundlichen blauen Augen forschend umherschweifen. In kurzer Zeit hatte die inquirirende Wirthin erfahren, daß er ein Augenarzt sei und nach Dresden reise, um einen dortigen vornehmen Blinden in Behandlung zu nehmen. Erfreut von dieser Entdeckung erzählte sie ihm von Augusten und bat, das Mädchen einmal holen zu dürfen. Lächelnd nickte er mit dem Kopfe, und einige Minuten später trat die Genannte ein.

Er hatte sich bei ihrem Eintritte herumgewandt und schien ihr entgegentreten zu wollen. Bei ihrem Anblicke blieb er wie gebannt stehen und achtete nicht auf die präsentirenden Worte der Wirthin.

»Anna!« klang es hell und jubelnd.

»Anna heißt meine Mutter, ich heiße Auguste.«

Er ließ die erhobenen Arme langsam sinken und wandte sich zur Hausfrau.

»Nanntet Ihr sie nicht Anna, als Ihr mir vorhin von ihr erzähltet?«

»Nein, sie heißt Auguste.«

»Dann habe ich mich allerdings verhört.«

Aber trotz seines Bestrebens, die Aufregung zu verbergen, lag es wie eine tiefe, kaum zu beherrschende Rührung auf seinen Zügen, und innig und voll strahlte sein Blick auf das Angesicht des schönen Kindes herab.

»Tritt einmal näher und laß mich Dein Auge sehen.«

Als er das Instrument absetzte, durch welches er die erkrankten Gesichtsorgane besichtigt hatte, ließ er die eine Hand auf ihrem Köpfchen ruhen und zog dasselbe an sich.

»Du wohnst in der Oberstube?«

»Ja.«

»Hast Du einige dichte Tücher, um die Fenster zu verhüllen?«

»Ja.«

»Komm, laß uns hinaufgehen. Wo ist Deine Mutter?«

»Sie ist für einige Tage auf Arbeit, und ich bin da allein.«

Es war eine so liebe, trauliche Stimme, mit welcher er zu ihr sprach, und ihre Seele athmete ihren Klang ein, wie der Genesende mit Entzücken den belebenden Duft der Maien trinkt. Noch lag ihr Haupt an seiner Brust, sie fühlte den stürmischen Schlag seines Herzens und hätte an demselben mit innigem Vertrauen liegen mögen immer und allezeit.

Es war ihr, als müsse sie diesem fremden Manne angehört haben seit dem ersten Augenblicke ihres Lebens und als müsse sie sein Eigen bleiben auch bis zur letzten Stunde desselben. Ohne Widerstreben duldete sie das liebkosende Streicheln seiner Hand, und ohne Widerstreben folgte sie ihm dann auch nach oben.

Als sie aus der Stube traten, richtete Goldschmidt einen fragenden Blick auf den Arzt, welchen derselbe mit leisem, kaum bemerkbarem Nicken beantwortete, und schritt dann dem Meister nach, welcher, das rauchende Eisen in der Zange, nach dem Schlitten ging.

In nicht gar langer Zeit war die Reparatur vollendet, und eben als die Pferde wieder vorgespannt wurden, kam auch der Herr des Geschirres wieder die Treppe herabgestiegen und trat zum Meister.

»Ich wünsche, daß Euch Euer Werk so gelungen sei, wie mir das meinige gelungen scheint, wenn nicht störende Umstände meine Erwartungen zunichte machen. Ich habe, ohne erst zu fragen, das Mädchen operirt und bin des Erfolges sicher, wenn die Weisungen befolgt werden, welche ich der Patientin hinterlassen habe. Die

Binde bleibt liegen, bis ich wiederkomme, um sie selbst abzunehmen. Hier Eure Bezahlung Meister, und hier auch ein Trinkgeld für Dich.«

Ehe Weißpflog aus der Ueberraschung herauskommen konnte, in welche ihn die Mittheilung des Arztes versetzt hatte, war derselbe mit seinem Schlitten schon außer Hörweite, und als er sein Erstaunen über das jedenfalls etwas eigenmächtige Einschreiten des Doctors dem Gesellen mittheilen wollte, war auch dieser verschwunden. Besorgt und neugierig zugleich stieg er deshalb die Treppe hinan, um mit der Kranken selbst zu sprechen.

Unterdessen stand Goldschmidt in seiner Kammer und entfaltete das Billet, welches ihm als Trinkgeld übergeben worden war. Es enthielt nur wenige von einer fast unleserlichen Hand geschriebene Zeilen, die eine allerdings ungewöhnliche Orthographie zeigten:

>»An dem Schmietegesehle Goldschmidt.

> Wir komen, und wem der Deibel nicht vorheer
> holt, den hohlen Wir. Schafe Er Uns den Kehrl und
> mann wird weider sehn. Die Läute sind in der be-
> wussten Zeit da und der Doctor miet.

> Sein ahlter

> Leopold.«

Einige Tage waren vergangen. Draußen pfiff der Wind und häufte den Schnee zu mannshohen Wehen empor. Desto wohler und gemüthlicher saß es sich in der warmen Stube, wo die Bewohner der Schmiede um den Tisch saßen und sich mit der Neuigkeit beschäftigten, welche trotz des Unwetters schon am frühen Morgen von Dresden her ihren Weg nach Ernstthal gefunden hatte.

Bei Kesselsdorf war es zu einer Schlacht gekommen, bei welcher auf Seite der Preußen der alte Fürst von Anhalt-Dessau commandirte. Das wunderliche Gebet dieses sonderbaren Haudegens war schon in den schwatzhaften Mund der Fama gekommen, aber man befand sich noch in vollständiger Ungewißheit über die Erfüllung desselben. Da ließen sich stampfende Fußtritte vernehmen, welche den angeballten Schnee vor der Thür abzutreten suchten, und gleich darauf trat der Forstgehülfe Franz ein.

»Guten Tag! Ist der Goldschmidt zu Hause?«

»Schönen Dank! Der ist droben in seiner Kammer; er wird seine Sachen zusammenpacken.«

»Seine Sachen? Weshalb?«

»Weil er fort will.«

»Fort? Wieso?«

»Weiß ich's? Es war heut früh wieder so ein Luftikus von Fechtbruder da und der scheint ihm Lust zur frischen Luft gemacht zu haben. Weshalb er aber fort will, das kann ich nicht begreifen; er bekommt es nicht gleich wieder so gut, wie bei mir. Uebrigens hat er mit Euch bessere Kameradschaft gehalten als mit uns, und so werdet Ihr wohl auch besser unterrichtet sein als wir.«

»Von großer Kameradschaft ist keine Rede gewesen. Er hat den Junker beobachtet und ich bin ihm dabei behülflich gewesen, das ist Alles.«

»Den Junker? Weshalb denn?«

»Hat mir nichts darüber gesagt, aber ich glaube wegen der Auguste, auf die der Blauweiße ja immer ein Auge gehabt hat.«

»Wie steht es denn jetzt mit diesem?«

»Er ist seit Kurzem wieder auf. Damals hieß es, er sei von Holzdieben überfallen worden; es lag ihm ja dran, den wahren Sachverhalt nicht ruchbar werden zu lassen, und Euer Schweigen ist ihm jedenfalls recht gewesen. Uebrigens munkelt man ganz sonderbare Dinge von ihm.«

»Was denn?«

»Ihr habt wohl einmal gehört, daß dem Könige von Preußen ein Offizier mit Karten und Plänen durchgegangen ist, die er hier in Sachsen verwerthet hat. Dieser Mann soll der Junker sein. Der König soll sehr auf seine Auslieferung gedrungen haben, aber immer ohne Erfolg, und so könnte es möglich sein, daß – doch, ruft mir rasch den Goldschmidt!«

»Weshalb denn nur?«

»Das werdet Ihr hernach schon hören. Die Sache hat Eile!«

»Na, da bin ich doch neugierig. Richard, he, komm doch 'mal herunter!«

»Daß der auch grad heut fort will! Im Winter läuft man doch nicht draußen auf der Wanderschaft herum.«

»Das denke ich eben auch. Aber er hat immer seinen Kopf für sich gehabt und läßt sich in keinem Stücke zureden.«

Der Gerufene trat ein und erwiderte den Gruß des Forstwarts.

»Ihr wollt fort?«

»Ja.«

»Aber der Blauweiße ist wieder auf den Beinen.«

»Ich weiß es.«

»Und führt Böses im Schilde.«

»Ich weiß es.«

»Auch gegen Euch.«

»Ich weiß es.«

Verdutzt sah ihn der Alte an.

»Das ist nicht möglich! Ich habe erst vor kaum einer Stunde eine Unterredung belauscht, die er mit einem Offizier hatte.«

»Das ist der Rittmeister von Krieben, welcher im Juli hier gestanden hat. Wir wollen einmal sehen, ob das, was ich weiß, mit dem übereinstimmt, was Du mir sagen willst. Der alte Dessauer hat nämlich gestern die mit Schnee und Eis bedeckten Anhöhen von Kesselsdorf mit seinen Grenadieren erstürmt und den Feind vollständig geschlagen. Heut wird der König auf dem Schlachtfelde erscheinen und dann Dresden in Besitz nehmen. Noch weiß man nicht, welche Folgen dies haben wird; es kann zum Frieden führen, aber ebenso steht auch der Fall zu erwarten, daß Sachsen Soldaten, viel Soldaten braucht, und deshalb wird man sich so schleunig wie möglich nach brauchbaren Leuten umsehen. Der Rittmeister, welcher heut Morgen von Freiberg her in Chemnitz eingetroffen ist, wird unsere Gegend hier absuchen und bei Ernstthal anfangen, er ist deshalb seiner Schwadron vorausgeeilt, um mit dem Junker, welcher mit den hiesigen Verhältnissen vertraut ist und den Werbestationen des Zwickauer Kreises vorsteht, Rücksprache zu nehmen. Ich werde also nun doch wohl Fahnenschmied werden müssen und packe meine Sachen, damit ich den Herren keinen unnöthigen Aufenthalt verursache. Nach beendigtem Geschäfte wird der Blauweiße, dem es in der Nähe der Preußen ein wenig zu schwül zu sein scheint, nach Oesterreich gehen, zuvor aber erst unsern beiden Frauen einen Besuch abstatten, um sie auf eine allerdings überraschende Weise für seine Gesellschaft zu engagieren.«

»Wahrhaftig, so ist es, und ich kam, um Euch auf die Gefahr aufmerksam zu machen, in welcher Ihr schwebt. Man kann nicht wissen, wenn sie kommen, und es wird wohl am besten sein, wenn sich die militärfähigen Burschen verstecken, denn mit Eurer Ergebung in das zu erwartende Schicksal ist es Euch doch wohl nicht Ernst. Aber woher wißt Ihr das Alles?«

»Laß das gut sein. Mit dem Verstecken hat es seine guten Wege; es würde zu nichts Gutem führen, und ich bin eher gewillt, anzunehmen, daß dem Herrn Rittmeister gar nicht viel Zeit bleiben wird für die Erreichung seiner lobenswerten Absichten. Der Obercommandirende der Preußen pflegt seine Siege schleunigst zu verfolgen, und es steht daher sehr zu erwarten, daß er dem Feinde die zu einem Verweilen und der Anwerbung neuer Kräfte so nöthige Ruhe nicht lassen werde. Ich habe deshalb einen andern Plan. Kannst Du reiten?«

»Ja, ich war Cavallerist.«

»Wie viel hast Du Gehalt?«

»Zum Leben zu wenig, zum Sterben zu viel.«

»Ich kenne einen vornehmen Herrn, welcher einen zuverlässigen Jäger braucht. Willst Du die Stelle annehmen? Du wirst es gut, sehr gut haben.«

»Mit tausend Freuden.«

»Packe Deine Sachen. Heut abend mußt Du zur Abreise fertig sein.«

»Das Packen hat bei mir keine Schwierigkeit. Ich bin ein alter Junggeselle, habe Niemanden, der sich um mich bekümmert, und bringe meine sieben Sachen recht gut in ein Felleisen.«

»Gut, da kannst Du Dir jetzt das meinige mitnehmen.«

»Aber das braucht Ihr doch selbst, und darf ich vielleicht fragen, wer der Herr ist, von welchem Ihr spracht?«

»Das wirst Du heut noch erfahren. Komm jetzt mit herauf, Du bekommst noch besondere Instruction.«

Und sich an der Thür noch einmal zurückwendend, mahnte er in gebieterischem Tone:

»Von unserer Unterredung darf kein Wort aus dem Hause gehen.«

Der Nachmittag kam und mit ihm die Kunde von der verlorenen Schlacht. Das Schneegestöber hatte aufgehört. Die Decembersonne milderte die winterliche Kälte, und die aufgeregten Bewohner Ernstthal's standen vor den Thüren und auf den Straßen, um sich Neuigkeiten mitzuteilen. Weißpflog saß mit den beiden älteren Frauen in der Unterstube, der Geselle war in seiner Kammer und Auguste befand sich allein in ihrer Wohnung.

Sie war voller Angst und Sorgen. Die letzten Tage hatten ihr viel Nachdenken über ihren eigenen Zustand gebracht und auch die Mutter in nicht geringe Aufregung versetzt. Wer war der fremde Arzt? Wo war er hergekommen und wo blieb er so lang? Die Mutter hatte bei ihrer Heimkehr am Abende mit Ueberraschung die Nachricht von dem Geschehenen gehört. Am meisten war ihr das Verhalten des Arztes beim Eintritt Augustens und zwar besonders die Namenverwechslung aufgefallen, aber sie wagte nicht, ihre Vermuthungen auszusprechen. Die zurückgelassenen Anordnungen wurden auf das Gewissenhafteste befolgt und der Tag mit Ungeduld erwartet, welcher Gewißheit und Aufklärung bringen sollte.

Aber nicht Das, sondern etwas Anderes beschäftigte die Gedanken Augustens heut. Seit jenem Heimwege aus dem Waldhause hatte sie noch nicht wieder mit Goldschmidt gesprochen. Sie fühlte, daß sie ihm zu eigen sei für die ganze Lebenszeit, aber sie war ein zu verständiges Mädchen, um nicht einzusehen, daß eine blinde Frau den Ansprüchen nicht genügen könne, welche Handwerk und Geschäft stets und immer an die »Meisterin« machen. Deshalb war sie fest entschlossen gewesen, ihre Liebe zwar im treuen, warmen Herzen zu hegen, aber keinerlei Consequenzen aus derselben zu ziehen. Dieser Entschluß war dann freilich durch die Hoffnung erschüttert worden, welche der Arzt in ihr erweckt hatte, und je mehr sie sich derselben hingab, desto weher tat ihr die scheinbare Gleichgültigkeit Goldschmidt's, der nie das Zimmer betrat, welches sie hüten mußte. Seit heut früh wußte sie sogar, daß er fortgehe, und zugleich hatte ihr die Nachricht, daß ihm von Seiten der Werbung Gefahr drohe, Schrecken und Besorgniß verursacht.

So wand sie sich in Zweifeln und Befürchtungen und konnte zu keiner Ruhe kommen. Da klopfte es leise an die Thür, und eine Stimme, bei deren Klange ihr das Blut in die Wangen stieg, fragte:

»Darf man eintreten?«

»Richard!«

»Ja, ich bin es. Ich kannte die trüben Gedanken Deiner Seele und bin gekommen, Dich noch einmal zu bitten: Vertraue Gott und mir!«

»Mir ist nicht Angst um mich.«

»Sondern nur um mich; ich weiß es. Aber ebenso weiß ich auch, daß diese Angst noch heut von Dir genommen wird, da möchte ich so gern eine Mahnung aussprechen.«

»Welche?«

»Wenn Deine Gefühle heut von einem recht glücklichen Ereignisse in Anspruch genommen werden, so sei stark, recht stark, damit die Aufregung nicht Dir und uns allen den Erfolg der ärztlichen Behandlung vereitele. Komm, schließe Deine Augen!«

Er nahm ihren Kopf, schob die Binde zurück und berührte leise küssend die geschlossenen Lider. Dann zog er die Binde wieder herab.

»So, und nun sei der Allgütige mit seinem Segen bei Dir in dem Augenblicke, der Dir das Licht des Tages bringen soll! Und Eins noch wisse – An meinem Herzen ist Deine Heimath jetzt und immerdar, mag der heutige Tag Dir nun Erfüllung oder Versagung des heißesten unserer Wünsche bringen.«

»Es kommen Reiter die Straße her!« rief in diesem Augenblicke der Meister herauf.

»Richard flieh!«

»Nein, mein Kind! Diese Leute sind mir ungefährlich. Leb wohl für jetzt.«

Er nahm ihre Arme von seiner Schulter herab und entfernte sich. Sie hörte ihn in die Kammer gehen und dann raschen, klirrenden Schrittes die Treppe hinabsteigen und das Haus verlassen.

Es war eine Schwadron sächsischer Reiter, welche im Galopp von Chemnitz her in Ernstthal einrückte. Im Nu wurden die Häuser besetzt und die Bewohner keinen Augenblick lang über den Zweck dieses eiligen Besuches in Ungewißheit gelassen. In Zeit von einer halben Stunde waren alle hier in Arbeit stehenden fremden Gesellen auf dem Marktplatze zusammengetrieben und mit der Soldatenmütze bedeckt, was in jener Zeit ein unwiderlegliches Zeichen der Militärangehörigkeit war.

»Wort gehalten, Krieben! Hier bin ich und bringe Dir, wie ich heut morgen versprach, auch den Rappenhengst mit, der allerdings unverbesserlich ist. Nimm ihn wieder hin, er ist nicht zu gebrauchen.«

Es war der Junker, welcher auf einem jungen, feurigen Trakehner saß und statt des blauweißen Cavalieranzuges Offiziersuniform trug.

»Willkommen, Bredenow! Wie steht es mit Deinem Schätzchen und mit unserm Fahnenschmied? Wir haben alles Disponible beisammen und noch sehe ich ihn nicht dabei.

»Werde ihn schon bringen, aber allein konnte ich gegen diesen Kerl doch nicht gut etwas ausrichten. Sind die Wagen besorgt?«

»Jawohl, eine wahre Equipage für die beiden Frauen und ein Bagagewagen für das Uebrige. Der Kutscher hat Weisung, in der Nähe des Hauses zu halten und wartet jedenfalls schon längst auf Dich.«

»Schön. Ich werde den Burschen jedenfalls bei den Weibern finden, da er so außerordentlich auf die Rolle eines Schutzgeistes passionirt ist. Aber gib mir der Sicherheit wegen ein kleines Detachement Deiner Leute mit.«

»Dort halten sie, lauter auserlesene Riesen. Mit ihnen wird er 's wohl nicht aufnehmen.«

Weißpflog war mit dem Rufe, daß Reiter kämen, in die Stube zurückgeeilt und hatte den sich entfernenden Gesellen gar nicht gesehen. Nur einige Minuten nach dem Einreiten der Schwadron drangen einige Reiter auch in sein Haus und fragten nach jungen Leuten. Er führte ihnen die anwesenden Bewohner vor, und da das Gesuchte hier nicht zu finden war, rückten sie unverrichteter Sache wieder ab. Als er ihnen nachblickte, bemerkte er in der Nähe zwei Geschirre, welche unter militärischer Eskorte da hielten. Die Sache konnte ihm nicht auffällig sein, und so trat er wieder in das Wohnzimmer zurück.

Da ertönte nahender Hufschlag und eine zweite Abtheilung Reiter hielt vor der Thür. Die Leute saßen ab und traten ein. Mit Schrecken erkannte er in dem Offizier an der Spitze den Junker.

»Guten Tag, Meister. Ich komme, mich nach dem Befinden Eures Gesellen zu erkundigen. Ist er wohlauf oder liegt er unter dem Bette?«

»Wenn der zu Hause wäre, versteckte er sich gewiß nicht aus Angst vor Euch unter das Bette, darauf verlaßt Euch!«

»Ach so, also nicht zu Hause, ausgerissen ist der Kerl? Ich werde nach ihm suchen lassen, und macht Ihr mir Flausen, so ist's Euer eigener Schaden, ist er aber wirklich entwischt, so steht Ihr mir für ihn ein. Vorwärts, Ihr Leute!«

»Ich wüßte nicht, daß mir mein Gesell als Euer Gefangener zur Bewachung übergeben worden wäre –«

»Maul halten! Bei uns regiert der Stock!«

Der Schmied fügte sich in das Unvermeidliche und nahm auf dem Kanapee Platz, während der Hauptmann in der Stube auf und ab spazierte. Nach einer Weile traten die Soldaten mit der Meldung ein, daß jeder Winkel des Hauses durchsucht und der Geselle nicht zu finden sei.

»Verflucht! Da entgeht mir ein Gaudium, auf welches ich mich seit langer Zeit gefreut habe. Heda, alter Sünder, merk Dir 'mal den Auftrag, welchen ich Dir an ihn gebe, denn wiederkommen wird der Hase ganz gewiß. Du sagst ihm einen Empfehl von mir, und die Damen aus der Oberstube hätten mich begleitet; doch würde ich

Beiden die Erlaubniß zur Rückkehr nicht versagen, wenn er den Muth hätte, sich beim Rittmeister von Krieben als Fahnenschmied zu melden.«

»Herr Hauptmann –«

»Maul halten, sage ich, hier wird nicht gemuckst, und nur mein Wort gilt! Holt die Frauenzimmer herunter!«

»Aber Auguste wird vor Schreck –«

»Wenn Du nur noch einen Mucks thust, lasse ich Dich durchfuchteln!«

Der Meister schwieg. Die Soldaten holten die beiden angsterfüllten Frauen herab, denen Bredenow die Mittheilung machte, daß sie die Ehre hätten, ihn auf einer kleinen Urlaubsreise zu begleiten. Auguste schwieg, die Mutter aber brach in ein lautes Wehklagen aus, welches ihr allerdings nichts half. Wie sie standen und gingen mußten sie den herbeigeholten Wagen besteigen, und nachdem Einer der Leute sich als Sauvegarde ihnen gegenüber gesetzt hatte, fuhren sie dem Markte als dem allgemeinen Sammelplatze zu. Der Hauptmann gab noch die Weisung, das Nothwendige an Wäsche und Kleidungsstücken auszusuchen und auf den Bagagewagen zu packen, und ritt dann den Vorangeschickten nach.

Krieben zeigte sich erzürnt, als ihm das Verschwinden des Gesellen mitgetheilt wurde; da er sich aber vor den etwa nachfolgenden Preußen nicht so recht sicher wußte, so wollte er mit weiteren Nachforschungen keine Zeit verlieren und ließ zum Sammeln blasen. In kürzester Zeit hielt die Schwadron in Reih und Glied vor ihm; die recrutirten Burschen hatten Platz auf den Reservepferden gefunden und die Wagen bildeten den Schluß der Aufstellung. Noch standen die Offiziere, während ihre Pferde von den Dienern gehalten wurden, beisammen, um vom Rittmeister die Dispositionen zu erhalten, da sauste es die Gasse herein, und mit fliegender Mähne und wehendem Dolman setzte es über den letzten Wagen weg, bog scharf um die Fronte herum und hielt vor den überraschten Herren.

»Ein Ziethen, ein Ziethen!« rief's von Mann zu Mann die ganze Reihe hinunter.

»Verzeihung, Herr Rittmeister! Ich habe mich hier eines Auftrages meines Königs und Feldherrn zu entledigen und es Euch zu überlassen, mich als Fahnenschmied in Eure Schwadron einzurangieren.«

Und sich zu dem Junker wendend, setzte er mit lautschallender Stimme hinzu:

»Hauptmann von Bredenow, ich verhafte Euch im Namen Eures Monarchen als Hochverräther und Spion!«

Augenblicklich hatten die Offiziere einen Kreis um ihn gebildet, um sich seiner Person zu bemächtigen. Lächelnd blickte er auf sie herab und fuhr mit ebenso lauter Stimme fort:

»Ich erkläre diese Stadt in Kriegszustand und alle hier befindlichen Militärs zu meinen Gefangenen.«

Er zog ein Pistol aus der Halftertasche und feuerte es ab. In demselben Augenblicke erschallte Pferdegetrappel von allen auf den Markt mündenden Gassen her, und ehe die halb verblüfften, halb erstaunten Sachsen einen Entschluß fassen konnten, waren sie von einer dreifach überlegenen Anzahl Preußen umstellt.

Da ertönte aus der Mitte der umstellten Offiziere ein Fluch. Der Trakehner stieg unter einem kräftigen Sporendruck in die Luft, flog durch die Glieder der noch nicht ganz schußfesten Preußen hindurch und trug in rasendem Galopp seinen Reiter die Gasse hinaus.

Keiner der strenggeschulten Krieger machte Miene, den Fliehenden ohne besonderen Befehl zu verfolgen, nur der zuerst angekommene Offizier, in welchem wir den ehemaligen Schmiedegesellen erkennen, drängte seinen Fuchs zwischen die Reservepferde der Sachsen und saß mit einem kühnen Sprunge auf dem Rapphengste, welchen der Junker vorhin noch als unbrauchbar bezeichnet hatte. Mit lautem, freudigem Wiehern erhob sich das Thier auf die Hinterbeine, drehte sich im Kreise herum und schoß dann mit seinem Reiter davon.

»Herr Kamerad, Euern Degen! Ich übernehme an Stelle des soeben abgerittenen Herrn Oberstwachtmeisters die Verpflichtung, Euch von der Vergeblichkeit jeden Widerstandes zu überzeugen.«

»Sehr wohl, Herr Major! Die Chancen des Tages sind gegen uns, und wir ergeben uns in der Erwartung, daß man in dieser Handlungsweise nichts finden werde, was unserer Offiziersehre Abbruch thun könnte.«

»Bewahre. Laßt Eure Leute absitzen und die Waffen ablegen. Lieutenant Rhaden, Ihr reitet mit einem Dutzend Eurer Leute schleunigst dem Herrn Oberstwachtmeister nach, um seinen Gefangenen entgegenzunehmen. Wen haben wir da in der Equipage? Ah, Franz, sind das vielleicht die beiden Damen, von denen uns so viel Gutes erzählt worden ist?«

»Zu Befehl, Herr Major!« antwortete der alte Forstwart, der hoch zu Roß bei den Wagen hielt. »Ich fand sie sofort bei unserer Ankunft hier und hörte von ihnen, daß der Junker sie angeblich als Geiseln für den Goldschmidt – wollte sagen für den Herrn Oberstwachtmeister mitgenommen habe.«

»Ach so, eine neue Infamie! Meine Damen, Ihr befindet Euch natürlich, wie die anderen Gefangenen alle auch, jetzt wieder im Besitze der vollsten Freiheit. Du, Franz, setzest Dich auf und fährst sie in ihre Wohnung zurück.«

Mit einem höflichen Salut nahm er Abschied von den geängstigten Frauen, und, nachdem Kutsche und Sauvegarde den übrigen Kriegsgefangenen zugestellt waren, fuhren die Wagen zur Schmiede zurück. Mit lautem Jubel wurden die Insassen von den Meistersleuten begrüßt.

»Gott sei Dank, daß Ihr wieder da seid! Na, steigt nur hinauf in Eure Stube, es erwartet Euch Besuch oben.«

»Wer denn?«

»Ein Offizier oder so etwas.«

Sie gingen hinauf. Die Mutter öffnete die Thür und richtete den Blick auf den Mann, welcher am Fenster stand. Die hohe, stolze Gestalt wurde vortheilhaft durch die Uniform und glänzende Auszeichnung eines Stabsarztes hervorgehoben; die Wellen des langen, blonden Vollbartes schmiegten sich weich an die goldenen Tressen des Waffenrockes, und die Augen, tiefblau und freundlich, begrüßten mit erwartungsvollem Leuchten die Eintretenden.

»Emil!«

»Anna!«

Beide stießen den Ruf zugleich aus. Beide hatten sich trotz der langen Zeit der Trennung sofort erkannt und flogen einander in die Arme. Mit voller Kraft hielten sie sich umschlungen, hingen Lippe an Lippe und vergaßen im Entzücken des Wiedersehens die Tochter, welche, von ihren Gefühlen übermannt, an der Thür lehnte. Lange, lange wartete sie, daß man sich auch ihrer erinnern werde, aber vergebens. Da klang es leise:

»Vater!«

»Mein Kind, mein liebes, liebes Mädchen! Laß mich, Anna!«

Er stürzte auf Auguste zu und nahm sie in die Arme. Die Mutter folgte und legte die Hände auf das Haupt des Kindes.

»Nimm sie hin, Emil! Sie ist das Einzige, was ich besitze und Dir bieten kann, aber es ist das Kostbarste, was Dir mein Mutterherz aufbewahrt hat.«

Er entgegnete kein Wort, aber Kuß auf Kuß nahm er von dem schönen, unentweihten Munde, welchen noch nie die Lippe eines Mannes berührt hatte. Der Vater vermochte vor Seligkeit nicht zu sprechen, aber der Arzt machte sich endlich doch geltend.

»Bitte, Anna, verhänge das Fenster wieder.«

»Vater, nicht wahr, Du bist der Arzt, der kürzlich hier war?«

»Ja, mein Kind. Hast Du heut viel Erschrecken gehabt?«

»Nein. Goldschmidt bat mich, stark zu sein, und was er bittet, das muß ich gewähren.«

»Du hast ihn lieb?«

»Ja, unendlich lieb, mein Vater.«

»Ich danke Dir. Diese Liebe ist einer meiner höchsten Wünsche. Fühlst Du etwas Fremdes, Störendes, Krankhaftes in Deinem Auge?«

»Nein, ich habe das Gefühl des Wohlbefindens darin.«

»Dann wollen wir mit Gott die Binde entfernen.«

Er nahm sie ab. Noch hielt das Mädchen die Lider geschlossen, dann hob sie dieselben langsam und zagend und richtete den ersten Blick auf die Mutter.

»Mutter, ich sehe Dich!« rief sie, und freudig setzte sie unter heißer Umarmung hinzu: »noch viel besser und deutlicher als früher.«

Dann wandte sie sich an den Vater.

»Vater, mein lieber, lieber, schöner Vater!«

Wieder hielten sich die drei umschlungen, und hätte nicht die Stimme des Arztes vor Thränen warnen müssen, so hätte die überwältigende Freude alle wortlos gemacht.

Da ertönte unten im Hausflur eine volle, kräftige Stimme. Auguste fuhr in die Höhe.

»Das ist Richard.«

»Den sollst Du allein empfangen. Komm, Anna.«

Die Eltern traten in die Schlafstube und das Mädchen befand sich allein mit ihrem Glücke. Ja, glücklich war sie jetzt, denn nun, da sie sehen konnte, gab es keine Kluft mehr zwischen ihr und dem Geliebten, und mit erhobenen Armen eilte sie nach der Thür, als sie seinen elastischen Schritt näher klirren hörte. Aber erschrocken ließ sie die Arme wieder sinken. Vor ihr stand ja nicht der einfache, rußgeschwärzte Schmiedegeselle, sondern ein hoher Offizier in der kleidsamen Tracht der Ziethenhusaren, dessen großes, blitzendes Auge ihr wie ein Himmel voll Sonnen entgegenleuchtete.

»Gustel, meine süße, herzige Gustel, Du kannst wieder sehen!«

Mit einem Sprunge stand er bei ihr, faßte sie um den schlanken Leib, hob sie hoch in die Höhe, drückte sie wieder an sich und ließ ihr gar keine Zeit, die nach ihm suchenden Arme um seinen Hals zu legen. Nur Worte waren ihr möglich, und diese Worte klangen jubilirend aus einem wonneathmenden Herzen, das fast zu eng und zu klein war für das Entzücken dieses Augenblickes. Endlich legte sich der Sturm der ersten Freude und ruhig standen sie bei einander, Brust an Brust und Mund an Mund.

»Richard, Du lieber, böser Mann, wie bist Du so geheimnißvoll und verschwiegen gegen mich gewesen!

»Und willst Du auch jetzt noch Deiner Liebe entsagen und mich fortgehen lassen ohne Glück und ohne Stern?«

»O nein, nein, nein! Aber wie kannst Du diese Gedanken wissen?«

»Deine reine Seele wurde noch nie von dem Hauche der Lüge und Verstellung getrübt, und da war es mir leicht, jede Regung Deines Herzens zu erkennen, noch ehe Du selbst ihrer bewußt warst. Aber wo ist Vater und wo ist Mutter?«

»Hier sind wir!« riefen die beiden jetzt wieder Eintretenden.

»Herr Doctor und Kamerad, ich habe die herzliche Freude, Euch hier die Rose von Ernstthal vorzustellen, welche ich unter duftenden Erdbeeren fand und jetzt zur Winterszeit in einen Garten versetzen möchte, damit sie da geschützt vor rauhen Stürmen sei und blühen könne, mir zum Glücke und den Eltern zur Freude. Darf ich einen Strahl des von Euch geöffneten Auges auch für mich in Anspruch nehmen?«

»Nimm sie hin, mein Sohn, und verzeihe dem Vater, der seiner Liebe untreu wurde, nur weil er beim Scheiden von der Geliebten nicht ahnte, daß es bald ein Wesen mehr geben werde, welches zu Ansprüchen an ihn berechtigt sei.«

»Und Ihr, meine Mutter?«

»Ich gebe Euch mein Kind, mehr kann Euch Niemand geben.«

»Hollah!« rief's unter der Thür, »wir Drei, nämlich ich, meine Frau und der Franz wollen wissen, ob die Sache da unten – – – alle Wetter, das ist ja der Goldschmidt!«

»Freilich, Meister, ist er's, der Erzstrick, der Tag und Nacht draußen herumlaufen mußte, weil er noch nothwendigere Dinge zu thun hatte, als zu hämmern und zu feilen.«

Mit offenem Munde standen Weißpflogs da und staunten den ehemaligen Zeug-, Huf- und Waffenschmied an.

»Aber was ist denn das Richtige? Ein General kann doch nicht Fensterbänder machen, und ein Schmied kann doch keine Armee commandiren!«

»Zuweilen doch, und zum General hat es noch gute Weile.«

»Na, ich muß es lassen wie es ist, aber wegen dem Erzstrick, da bitte ich um Verzeihung.«

»Wird gern vergeben. Dieser Herr da ist der Vater Augustens.«

»Ist's möglich? Da hat ja mein Haus bis unter die Hahnebänder voll Geheimnisse gesteckt! Und sehen kann die Auguste auch?«

»Und dieses Bild da hat Richard gemalt«, wandte sich Wallner an die Mutter. »Da wir uns beim Militär oft gesehen haben, so hat ihn die Bleistiftskizze auf die richtige Spur geführt. Daß wir uns gefunden haben, danken wir ihm alleine.«

Die Erklärungen flogen hin und her und des Fragens und Antwortens war kein Ende zu finden, bis sich endlich der frühere Geselle erhob.

»Jetzt muß ich mich beurlauben, mich ruft der Dienst. Vater wird Euch unsere Bestimmungen bis zu meiner Rückkehr mitteilen. Wir verlassen heute noch Ernstthal. Ihr geht zu Wagen unter Begleitung Franzens und einer militärischen Eskorte nach Dresden, wo auch ich morgen einzutreffen habe. Von da führt Euch Franz, welcher von heut an als Jäger in meinem Dienst steht, auf mein Stammgut, und wenn die Besetzung Dresdens den erwarteten Frieden herbeiführt, werden wir dort bald vereinigt sein. Für jetzt aber adieu!«

Als er auf den Markt kam, standen die Truppen bereits zum Abmarsch bereit. Sein suchender Blick fand unter den Gefangenen bald den schwer gefesselten Junker und ebenso den Rittmeister von Krieben. Auf Letzteren schritt er zu.

»Wollen wir nicht, ehe wir uns in Bewegung setzen, unser kleines Privatgeschäft in Ordnung bringen, Herr Rittmeister?«

»Privatgeschäft? Wieso?«

»Ich meine unsern Tauschhandel.«

»Ihr setzt mich in Verlegenheit, Herr Oberstwachtmeister!«

»Gut, ich muß Eurem Gedächtniß zu Hilfe kommen. Mein Name ist Göbern.

»Ah, dann seid Ihr ein Verwandter des Rittmeisters von Göbern, welcher – –«

»Nicht ein Verwandter, sondern er selbst. Es ist erklärlich, daß Ihr mich nicht wiedererkennt, da die Umstände mich zwangen, den Bart, mit welchem Ihr mich kennen lerntet, abzulegen. Auch darf Euch der militärische Grad nicht irre machen; ich rückte infolge unseres Pferdewechsels zum Major und einiger andern Kleinigkeiten wegen in meine jetzige Stellung empor. Daß mich die Erfüllung des Auftrages, den früheren Hauptmann von Bredenow zu beobachten und schließlich der verdienten Gerechtigkeit zu überliefern, in die Lage bringt, einen so braven Offizier, wie Ihr seid, kennen zu lernen, ist mir gewiß ebenso lieb, wie es Euch der dabei obwaltenden Umstände wegen unerwünscht sein wird. Deshalb stelle ich mich für Euch und die Kameraden zu jedem Dienste, der sich mit meiner Pflicht verträgt, gern bereit und beweise diese Bereitwilligkeit durch die Rückgabe Eures Goldfuchses, welchen Ihr mir damals so freundlich überließt. Er hat, glaube ich, in guter Schule gestanden und deshalb wohl nichts verloren.«

»Ich danke. Darf ich mir eine Frage gestatten? Bredenow ist mir verwandt, und ich bin also nicht ganz gleichgültig seinem Schicksale gegenüber.«

»Ich werde antworten.«

»Wie seid Ihr vorhin Meister des Hauptmanns geworden und was wird sein endliches Schicksal sein?«

»Sehr einfach. Ich bestieg meinen Rapphengst, auf den ich mich bei solchen Gelegenheiten verlassen kann, und habe ihn mit demselben niedergeritten. Die Entscheidung über seine Handlungsweise steht nicht mir, sondern der Justiz zu. Auf Wiedersehen, Herr Kamerad! – Herr Major!«

»Herr Oberstwachtmeister!«

»Befehlt den Aufbruch. Ich werde jetzt in meine Wohnung zurückkehren und erst in einiger Zeit nachfolgen. Eurer Umsicht habe ich natürlich keine weiteren Anweisungen zu geben. Adieu!«

»Weißt Du, Richard«, begrüßte ihn die Braut, »daß ich mein Auge bereits im Lesen versucht habe?«

»Geht es?«

»Ja, ich bin Dir in Deine geheime Correspondenz gerathen. Sage doch, von wem Du diese so außerordentlich schön und richtig geschriebenen Zeilen hast? Wir fanden sie beim Einpacken in Deiner Kammer.«

»Erräthst Du es nicht? Dieser »ahlte Leopold« ist mein Pathe und Gönner, der Fürst Leopold von Anhalt-Dessau, mit welchem ich in dienstlichem Briefverkehr gestanden habe und der sich gestern so außerordentlich brav geschlagen hat. Er kennt meine Intentionen in Beziehung auf Deine Person vollständig und wird in unserer Verbindung keine Mesalliance erblicken, da er selbst sich über dieses Vorurtheil hinwegzusetzen gewußt hat. Du wirst ihn bald sehen.«

»Wann und wo?«

»Morgen oder übermorgen in Dresden. Ich werde Dich natürlich vorstellen müssen.«

»Da wird mir schrecklich bange sein.«

»I bewahre! Der alte Degenknopf ist außerhalb des Dienstes und besonders Bekannten gegenüber ein allerdings origineller aber bei all seiner Grimmfertigkeit doch gutmüthiger Kopf.«

»Aber ich werde bei dieser Vorstellung unmöglich die feinen Manieren einer Hofdame zeigen können.«

»Wird auch von ihm gar nicht verlangt; er ist kein Freund von Complimenten, und ich werde meine Anrede also so kurz wie möglich fassen, grad das liebt er.«

»Wie denn zum Beispiel?«

»Ich werde ungefähr sagen: Durchlaucht, gukt einmal her, ich bringe Euch hier

*»»die Rose von Ernstthal!««*

## Über tredition

### Eigenes Buch veröffentlichen

tredition wurde 2006 in Hamburg gegründet und hat seither mehrere tausend Buchtitel veröffentlicht. Autoren veröffentlichen in wenigen leichten Schritten gedruckte Bücher, e-Books und audio-Books. tredition hat das Ziel, die beste und fairste Veröffentlichungsmöglichkeit für Autoren zu bieten.

tredition wurde mit der Erkenntnis gegründet, dass nur etwa jedes 200. bei Verlagen eingereichte Manuskript veröffentlicht wird. Dabei hat jedes Buch seinen Markt, also seine Leser. tredition sorgt dafür, dass für jedes Buch die Leserschaft auch erreicht wird.

Im einzigartigen Literatur-Netzwerk von tredition bieten zahlreiche Literatur-Partner (das sind Lektoren, Übersetzer, Hörbuchsprecher und Illustratoren) ihre Dienstleistung an, um Manuskripte zu verbessern oder die Vielfalt zu erhöhen. Autoren vereinbaren direkt mit den Literatur-Partnern die Konditionen ihrer Zusammenarbeit und partizipieren gemeinsam am Erfolg des Buches.

Das gesamte Verlagsprogramm von tredition ist bei allen stationären Buchhandlungen und Online-Buchhändlern wie z. B. Amazon erhältlich. e-Books stehen bei den führenden Online-Portalen (z. B. iBookstore von Apple oder Kindle von Amazon) zum Verkauf.

Einfach leicht ein Buch veröffentlichen: **www.tredition.de**

## Eigene Buchreihe oder eigenen Verlag gründen

Seit 2009 bietet tredition sein Verlagskonzept auch als sogenanntes "White-Label" an. Das bedeutet, dass andere Unternehmen, Institutionen und Personen risikofrei und unkompliziert selbst zum Herausgeber von Büchern und Buchreihen unter eigener Marke werden können. tredition übernimmt dabei das komplette Herstellungs- und Distributionsrisiko.

Zahlreiche Zeitschriften-, Zeitungs- und Buchverlage, Universitäten, Forschungseinrichtungen u.v.m. nutzen diese Dienstleistung von tredition, um unter eigener Marke ohne Risiko Bücher zu verlegen.

Alle Informationen im Internet: **www.tredition.de/fuer-verlage**

tredition wurde mit mehreren Innovationspreisen ausgezeichnet, u. a. mit dem Webfuture Award und dem Innovationspreis der Buch Digitale.

tredition ist Mitglied im Börsenverein des Deutschen Buchhandels.

## Dieses Werk elektronisch lesen

Dieses Werk ist Teil der Gutenberg-DE Edition DVD. Diese enthält das komplette Archiv des Projekt Gutenberg-DE. Die DVD ist im Internet erhältlich auf **http://gutenbergshop.abc.de**

Zeitfracht Medien GmbH
Ferdinand-Jühlke-Straße 7
99095 Erfurt, Deutschland
produktsicherheit@kolibri360.de